大
方
sight

Jesusalém

Mia Couto

耶稣撒冷

［莫桑比克］米亚·科托 ———— 著

樊星 ———— 译

中信出版集团 · 北京

图书在版编目（CIP）数据

耶稣撒冷 /（莫桑）米亚·科托著；樊星译 . -- 北
京：中信出版社，2018.8
书名原文：Jesusalém
ISBN 978-7-5086-8973-9

I. ① 耶... II. ① 米... ② 樊... III. ① 长篇小说 - 莫
桑比克 - 现代 IV. ① I471.45

中国版本图书馆 CIP 数据核字（2018）第 100552 号

Jesusalém by Mia Couto
© Mia Couto, 2009 by arrangement with Literarische Agentur Mertin Inh.
Nicole Witt e. K., Frankfrurt am Main, Germany
Simplified Chinese translation copyright ©2018 by CITIC Press Corporation
ALL RIGHTS RESERVED
本书仅限中国大陆地区发行销售

耶稣撒冷

著　　者：【莫桑比克】米亚·科托
译　　者：樊　星
出版发行：中信出版集团股份有限公司
　　　　　（北京市朝阳区惠新东街甲 4 号富盛大厦 2 座　邮编　100029）
　　　　　（CITIC Publishing Group）
承 印 者：北京汇瑞嘉合文化发展有限公司

开　　本：880mm×1230mm　1/32　　印　　张：9.25　　字　　数：176 千字
版　　次：2018 年 8 月第 1 版　　　　印　　次：2018 年 8 月第 1 次印刷
京权图字：01-2018-3576　　　　　　　广告经营许可证：京朝工商广字第 8087 号
书　　号：ISBN 978-7-5086-8973-9
定　　价：58.00 元

版权所有 · 侵权必究
如有印刷、装订问题，本公司负责调换。
服务热线：400-600-8099
投稿邮箱：author@citicpub.com

中文版序

等待世界的诞生

我最关心的主题之一，是我们与时间之间关系的困境。在我的小说《耶稣撒冷》（巴西版本的书名为《在世界诞生之前》）中，每个人物都承受着过去的痛苦。对于他们来说，此前的时间变成了一种不治之症，也成为一座迷宫，其唯一的出口，就是开始另一种人生。

故事的概述（如果一本书能够被概述的话）是这样的：一个名叫希尔维斯特勒·维塔里希奥的男人离开城市，将他的家人带到一片遥远的荒野。他将之命名为"耶稣撒冷"，并在那里建立起一个孤独、沉寂与遗忘的国度。希尔维斯特勒向他的儿子编造说世界已经终结，这里的五个人（都是男人）是人类仅有的幸存者。在这片从未有任何神祇到来的土地上，禁止唱歌、回忆、祈祷、哭泣与写作。他们似乎与宇宙再无联系，但一位不速之客的到来破坏了这种隐居生活，并解开了出人意料的谜团。

无论在个人还是国家层面上，发生在"耶稣撒冷"的事件都是对我们境况的譬喻。正如维塔里希奥的家庭一样，我们无法成为自身存在的主人。我们的生命似乎消耗在了一场贫乏无趣的叙事之中。我们的故事情节可以如此精确地概括：曾发生的事情很少；将发生的永远不会到来。

对于一些人，比如士兵扎卡里亚·卡拉什来说，回溯过去的唯一方式就是停留于过去之中。这些人没有过去。他们就是过去。他们搬了家，却带着昔日的橱柜，里面装载着内心的幽魂。士兵扎卡里亚在体内保存着历次战争的子弹。这些子弹镶嵌在他的血肉里，就像是用以交换的货币：他用伤口来换取遗忘。

另一些人，比如小儿子姆万尼托，也即故事的叙述者，则被强制剥夺了过去。他与旧时生活唯一的联系在于梦境。同他一样，我们中的很多人也只能梦到我们的过去。我们不再拥有过去。我们拥有的是"前过去"。

我们生活在七十年代的莫桑比克，那时的革命者掌握了权力。革命胜利意味着要兑现承诺，要开创一个新世界，建立一个与苦难过去截然相反的社会。莫桑比克革命做了许多事情，却无力建设这样一个新世界。有些人相信，计划之所以失败，是因为恶意的背叛。并非如此。确实存在背叛，但却无法解释失败。最主要的原因要在我们身上寻找。事实上，我们每个人都承担着自己曾经的重负。我们首先是我们曾是的人。

正是这种无法摆脱的重担使希尔维斯特勒·维塔里希奥沉浸于臆想之中。这部小说讲述的是重新开始的不可能性，在我们体内无法开始一次全新的存在。

这种失落感延伸到我们每一个人和每一片大陆。人类从未像当下这般生活富足。我们也从未如此强烈地感受到，现在的时间并不属于我们。我们全都生活在一种当下之中，而这种当下过多地被它自身占据。这是一种不允许我们在场的现在。

在另一件事情上，我们也和小说中的这个家庭一样：我们生活在一个号称全球化的村庄里，却只是一群租客；我们不认识地主，却需要向他支付痛苦的租金。我们的存在就像卡拉 OK 里的场景，人们在其中模仿着他人的歌曲与唱词。在这个被一些人称为"全球化"的村庄里，在这个始终在表演的村庄里，完全听不到独属于我们的声音。这不仅因为别人不肯聆听我们，更因为我们已经丢掉了自己的声音。

这番论述中没有任何伤感怀旧的意味，我意不在此。事实上，我不知道有什么比过去更为临近。比这更进一步：过去之所以重要，是因为它是构成未来的材料。因此我谈论的其实是未来。

我常常在不同的机场登机、落地。在所有这些机场中，我不断确认，我们的现代性就是一种国际机场。在这个仿佛按照单一模板建造的空间里，我们擦肩而过却彼此视而不见。在这片空间内，我们都不是居民，我们全都在此路过。我们仅仅与其他人一样，都是短暂的过客。我们走过貌似宽敞的走廊，但这些走廊都被商店包围。我们进入那些商店，却没有真正的需求。机场没有过去。在其中言说的只有明亮的指示牌与提示的广播，言说的内容只有当前与可以预计的未来。

我将机场作为灰暗独断的现实来谈论。然而，我要近乎羞怯地承认：我喜欢机场。无论如何，在这个独特的空间里，有不同文化、不同宗教、不同语言的人在其中穿梭。他们全都在以自己的独特性，来对抗表面独断的同质性。即使在蚁群的忙碌之中，依然存留着一些私密情感的分享、告别的泪水、重逢的笑容、孩童仰望空中那些大型飞行器的惊异。我们人类的能力，要比我们设想的大得多。

我以同样的方式爱着我们的世界，尽管它如此匮乏，如此不公。我爱这种淘金者的寻觅，在绝望的土地上偶遇最微小的希望。我同时也爱着意欲否定这个世界的斗争。

我们父辈的故事开始于对一句老话近乎神圣的回忆："想当年"。这神奇的程式构成了一把钥匙，用以开启一个藏有无尽财富的宝箱。这种回忆的力量在任何地方都已不复存在。但每一代人都会怀念一种建造于天堂之中的过去，这同样是事实。在所有情况下，都有一种超越的回应；在所有情况下，我们都会将怀念最终变为现实。我们也懂得向未来施法，将它作为一段应许的时间与乌托邦的驻地。

　　这是耶稣撒冷居民得到的教训：需要学会拥有疾病，却并不生病。正如叙事者姆万尼托在书的结尾处所说："我爸爸是错的：世界没有死。毕竟，世界从未出生。"

目 录

★ 赫尔曼·黑塞（Hermann Hesse, 1877—1962），德国作家、诗人，1946 年诺贝尔文学奖得主。主要作品有《德米安》《荒原狼》《悉达多》《玻璃球游戏》等。内容围绕个体对真理、自知和灵性的找寻。《东方之旅》是他的中篇小说代表作。

整部世界史不过是一本图画书，

它映射出人类最暴力

也是最盲目的渴望：对遗忘的渴望。

赫尔曼·黑塞《东方之旅》

在我的船上我是唯一的人，
其他都是不说话的动物，
老虎与熊被我拴在桨上，
而我的绝望统治着海洋。

[······]
有些时刻已经几近遗忘，
在归来的无尽甜蜜之中。

我的祖国是风吹过的地方，
我最爱的是玫瑰园的绽放，
我的欲望是鸟留下的踪迹，
而我从未从梦中醒来，也从未睡去。

索菲娅·安德雷森★

第一卷

人 类

★ 索菲娅·安德雷森（Sophia de Mello Breyner Andresen, 1919—2004），20 世纪葡萄牙最重要的诗人之一，作品被译成多种语言，被评论界称为"表现感觉的一面魔镜"。1999 年获卡蒙斯文学奖，也是获得该奖的第一位女性作家。

我，姆万尼托，调试寂静的人

我聆听，却不知道
我听到的是寂静
抑或上帝。
[……]

索菲娅·安德雷森

第一次见到女人时，我十一岁。这件事突如其来，我毫无准备，震惊得哭了起来。在我生活的荒野里，只住了五个男人。我爸爸给这个地方起了个名字，简单地叫作"耶稣撒冷"。这里是耶稣逃离十字架的地方。就这样，没了。

我家老头——希尔维斯特勒·维塔里希奥[1]——向我们解释说，世界毁灭了，而我们是最后的幸存者。在地平线之外，只剩下没有生命的土地，被他笼统地称为"那边"。他用简短的几句

---

1 Silvestre Vitalício，意为"终身的野蛮人"。

话，如此总结了整个星球：荒无人烟，没有道路也没有动物的踪迹。在那些遥远的地点，甚至连长有羽毛的游魂都已经灭绝。

然而，在耶稣撒冷却只有活物。这里的人不知何为怀想，何为希望，但却是活生生的人。在这里，我们存在得如此孤独，甚至不曾染上疾病，而我一直相信我们是不死的。在我们周围，只有动物和植物会死去。干旱时节，我们那条无名的河会假装昏厥，它是一条小河，从我们营地的后方穿过。

人类有我，我爸爸，我哥哥恩东济，还有我们的仆人扎卡里亚·卡拉什——你们接下来会发现，他没什么存在感。此外就没有别人了。或者几乎没有。说实话，我忘记了两个"半居民"：母骡泽斯贝拉，她极富人性，甚至能满足我老爸的性幻想。我也没说起我舅舅阿普罗希玛多[1]。这个亲戚值得一提，因为他并不与我们一同住在营地里。他住在围栏入口的地方，已经超出了允许的距离，只会时不时地来拜访我们。在我们与他的小茅屋之间，隔着野兽与几小时的路程。

对我们这些小家伙来说，阿普罗希玛多的到来是盛大欢庆的理由，是我们贫瘠单调生活中的微小振动。舅舅会带来食物、衣服等必需物资。我爸爸紧张兮兮地出门，去迎接堆满包裹的卡车。在卡车侵入围绕房子的栅栏之前，他便拦下来访者。在栅栏那儿，阿普罗希玛多被迫先洗澡，以免把城里的传染病带进来。

1　Aproximado，意为"靠近的人"。

哪怕天气寒冷、夜幕降临，他也要用土和水将自己清洗干净。洗完之后，希尔维斯特勒从卡车上卸货，尽量加快交货速度，减少告别时间。在飞逝的瞬间，甚至比翅膀扑扇的时间还短，阿普罗希玛多便在我们焦灼的目光中返程了，消失在地平线之外。

"他不是我嫡亲的兄弟，"希尔维斯特勒辩解道，"我不想跟他说太多，这个男人不了解我们的习惯。"

这个小小的人类团体就像五根手指一样团结在一起，但还是有所区分：我爸爸、舅舅和扎卡里亚有着深色的皮肤；我和恩东济同样是黑人，但肤色更浅。

"我们是另一个种族吗?"某一天我问道。

"没有人是某一种族的。种族，"他说，"是我们穿在身上的制服。"

希尔维斯特勒或许有道理。但我却在很晚之后学到，有时候，这件制服会粘在人的灵魂上。

"这种浅色皮肤来自你的妈妈，朵尔达尔玛[1]。小达尔玛有一点点混血。"舅舅解释说。

家庭、学校、他人，所有这些都在我们心中燃起一点可期许的火花，开辟一块可供我们闪耀的领地。一些人为唱歌而生，另

1　Dordalma，与"Dor da Alma"同音，意为"灵魂之痛"，后面的小达尔玛（Alminha）则意为"小灵魂"。

一些为跳舞而生，其他一些人仅仅为了成为其他人而生。我为保持沉默而生。我唯一的志向就是寂静。向我说明这点的是我的爸爸：我具有不说话的倾向，具有提炼许多寂静的天赋。我写得没错，许多寂静，是复数。对，因为并不存在唯一的寂静。而所有寂静都是妊娠阶段的音乐。

当有人看到我一动不动地躲在隐蔽的角落，我不会受到惊吓。我正忙着，身心都被占据：我在纺织用以制作宁静的细线。我是调试寂静的人。

"过来，我的孩子，过来帮助我保持沉默。"

傍晚时分，老头靠在阳台的椅子上。每晚都是这样：我坐在他的脚边，望着高空黑夜中的星星。我爸爸闭上眼睛，摇头晃脑，仿佛有一枚罗盘指引着那种沉静。随后，他深吸一口气说：

"这是我迄今为止听到的最美的寂静。谢谢你，姆万尼托。"

适宜地保持沉默需要多年的练习。而对我来说，这是种天赋，是某位先人留下的遗产。也许是遗传自我的妈妈朵尔达尔玛，谁说得准呢？由于太过沉默寡言，她不再继续存在下去，却没人发现她已不在我们这群存活的生物之间。

"你知道的，儿子：有一种属于坟墓的平静。但这个阳台上的宁静是不一样的。"

我爸爸。他的声音如此难以察觉，就像是另一种类别的寂静。他咳嗽，他的咳嗽声嘶哑，这是一种隐秘的言语，没有词汇也没有语法。

在远处，附屋的窗户上，能够隐约看到一盏闪烁的灯。我的哥哥一定在窥视着我们。一股负罪感涌上我的胸口：我是天选之人，唯有我能亲近我们永恒的爸爸。

"不把恩东济叫过来吗？"

"别管你的兄弟了。我更喜欢独自与你待在一起。"

"但我已经有些困了，爸爸。"

"再留一小会儿。是愤怒，太多积攒下来的愤怒。我需要消除这些怒火，我的心里已经装不下它们了。"

"是什么愤怒，我的爸爸？"

"多年以来，我饲养野兽，却以为自己养的是宠物。"

说有困意的是我，但睡着的却是他。我留他在椅子上打瞌睡，自己回到了卧室。而恩东济仍然醒着，等待着我。我的哥哥看着我，眼中混杂着妒忌与怜悯：

"又是这种寂静的把戏吗？"

"别这么说，恩东济。"

"这个老家伙疯了。更糟糕的是那家伙根本不喜欢我。"

"他喜欢的。"

"那他为什么从来不叫我过去？"

"他说我是调试寂静的人。"

"所以你就信了？你没发现这是个巨大的谎言吗？"

"我不知道，哥哥，那我应该怎么做呢？他就喜欢我在那儿待着，一句话也不说。"

"你难道没意识到这一切都是交谈吗？事实是你让他想起了我们去世的妈妈。"

恩东济无数次地提醒我，为什么爸爸将我选为他最偏爱的孩子。这种偏爱的原因出现在一个瞬间：在妈妈的葬礼上，希尔维斯特勒还不知道如何面对鳏居的境况，躲在角落里涕泗横流。正在那时我靠近了我的爸爸，为了迎接我三岁的小小身躯，他跪了下来。我抬起双臂，却并未擦拭他的脸庞，而是将两只小手放在他的耳朵上，似乎想将他变成一座岛屿，隔绝世上一切的声音。在这个没有回声的区域里，希尔维斯特勒闭上眼睛：他看到朵尔达尔玛并没有死。他的胳膊盲目地在半明半暗中伸出：

"小达尔玛!"

在此之后，他再也没有提过这个名字，甚至不曾回忆起他作为丈夫的时光。他希望这所有的一切都缄默不语，在遗忘的坟茔中入土为安。

"而你要帮我，我的儿子。"

对希尔维斯特勒·维塔里希奥而言，我的志业已经确定：照看这份不可救药的缺失，管理那些吞噬了他睡眠的魔鬼。有一次，当我们共享寂静时，我鼓足勇气：

"恩东济说我令你想起妈妈。这是真的吗，爸爸?"

"正好相反。你使我远离那些记忆。恩东济却会让我想起那些曾经的痛苦。"

"爸爸，你知道吗？我昨晚梦到了妈妈。"

"你怎么能够梦到从未见过的人呢?"

"我见过,只是不记得了。"

"那是一回事。"

"但我记得她的声音。"

"她的什么声音?朵尔达尔玛几乎从来不说话。"

"我记得一种宁静,就像,怎么说呢,就像是水。有时我觉得我记得家,记得家的伟大宁静。"

"那恩东济呢?"

"恩东济什么,爸爸?"

"他坚持说能想起你们的妈妈吗?"

"他没有一天不想起她。"

我爸爸没有作答。他反复咀嚼着嘟囔的线团,之后,他用到过灵魂深处的嘶哑嗓音说道:

"我要说一件事,而且决不会再重复:你们不能想起或梦到任何东西,我的孩子。"

"但我会做梦,爸爸。而恩东济能记得那么多事情。"

"那都是谎言。你们梦到的都是我在你们的头脑中创造的。明白了吗?"

"明白了,爸爸。"

"而你们记得的都是我在你们的头脑里点亮的。"

梦是同死者的交谈,是前往灵魂国度的旅程。但无论死者还是灵魂之地都已不复存在。世界完结了,其结局是一种绝对的终止：没有死者的死亡。死者的国家废除了，上帝的王国取消了。我爸爸就是这么说的。时至今日，在我看来，希尔维斯特勒·维塔里希奥的这番讲解显得阴森而又混乱。然而，在那个时刻，他却代表了最终论断：

"正因如此，你们既不能做梦，也不能回忆。因为我本人就不做梦，也不回忆。"

"但是爸爸，您就没有对于妈妈的记忆吗？"

"对于她，对于房子，对于一切，我都没有任何记忆。我已经什么都不记得了。"

接着，他站起来去热咖啡，脚步嘎吱作响。这些脚步就像将自己连根拔起的猴面包树。他看了看火，假装在照镜子，然后闭上眼睛，呼吸咖啡壶散发的芬芳蒸气。他依然闭着眼睛，轻声说：

"我要讲述一桩罪恶：你出生之后，我便不再祷告了。"

"别这么说，我的爸爸。"

"我现在就告诉你。"

有人生孩子是为了更加接近上帝。而他自成为我的爸爸之后，便将自己变成了上帝。希尔维斯特勒·维塔里希奥便是这样说的。他接着道：那些悲伤虚伪的人，那些孤独的坏人，相信他们的悲痛能够到达天上。

"但上帝是聋子。"他说。

他停顿了一下，拿起杯子品了口咖啡，接着把话说完：

"即便他不是聋子，又有什么话能对上帝说呢？"

耶稣撒冷并没有石制的教堂或者十字架。正是在我的沉默中，我爸爸建起了主教堂。正是在那里，他等待着上帝的回归。

✗ ✗ ✗

事实上，我并非出生在耶稣撒冷。我是，这么说吧，我是从另一个地方来的移民，那个地方没有名字、没有地理、没有历史。在我三岁那年，我妈妈刚刚去世，我爸爸便带着我和我哥哥离开了那座城市。在穿越了森林、河流与沙漠之后，他到达了一个在他看来最难以到达的地方。在这场艰苦的跋涉之中，我们与无数反方向行进的人擦身而过：他们从乡村逃向城市，从乡村的战争中逃离，在城市的悲惨中寻求庇护。人们都很好奇：究竟出于什么原因，我的家庭要躲进水深火热的内陆地区？

坐在前排的座位上，我爸爸向前行进。他看起来有点感到恶心，也许他本以为这趟行程应该更多的在船上，而不是在公路上。

"这是机械化的诺亚方舟。"他如此宣告，彼时我们还坐在那辆旧汽车上。

与我们一起坐在汽车后排的，还有扎卡里亚·卡拉什，这位曾经的军人会在日常事务上帮助我的父亲。

"但我们要去哪里？"我哥哥问。

"从这一刻起，'哪里'便不存在了。"希尔维斯勒断言道。

在漫长旅途的终点，我们在一片围栏中早已荒芜的土地上安顿下来，栖身于猎人遗弃的营地里。四周，战争将一切夷为平地，毫无人类的踪迹，甚至连动物都很罕见。充裕的只有野生丛林，而那里已经很久没有开辟过一条道路了。

在营地的瓦砾上，我们安顿下来。我爸爸，中心的废墟；我和恩东济，住在附屋；扎卡里亚自行安置在一间旧储藏室，位于营地的后方。原先办公用的房间依旧空着。

"那间房子，"我爸爸说，"由幽灵居住，由回忆管理。"

之后，他下令：

"那里谁也不许进入！"

修复的工作极少。希尔维斯特勒不想破坏那些被他称为"时间的作品"的东西。他仅仅做了一件事情：在营地的入口处有一个小广场，那里的旗杆上曾悬挂着各种旗帜。我爸爸将旗杆变成了支架，用以放置一个巨大的耶稣受难像。在耶稣的头顶，他固定了一块牌子，上面写着："欢迎，圣主上帝。"这是他的信仰：

"有一天，上帝会来向我们请求原谅。"

舅舅和帮手在胸前慌乱地划着十字，咒骂这种异端思想。我们露出信心十足的微笑：我们将享有某种神圣的庇护，让我们永远不会受到疾病之苦，不会被蛇咬到，或者遭遇野兽的伏击。

✗   ✗   ✗

我们无数次地发问：为什么我们会在这里，远离一切，远离所有人？我爸爸回答说：

"世界终结了，我的儿子。只剩下耶稣撒冷了。"

我对父亲的话深信不疑。但恩东济却认为这一切不过是妄想。他不依不饶，继续发问：

"世界上再没有任何人了吗？"

希尔维斯特勒·维塔里希奥深吸一口气，仿佛这个答案要花费很多气力。接着，他将这口气缓缓吐出来，低声说：

"我们是最后的几个。"

维塔里希奥十分勤勉，他精心细致地照顾我们，为抚育我们而忙碌不已。但他却极力避免这种照顾演变为柔情。他是男人。而我们在成为男人的学堂里。最后仅存的几个男人。我想起，当我拥抱他时，他优雅却坚定地远离了我：

"你拥抱我时，闭上眼睛了吗？"

"我不知道，爸爸，我不知道。"

"你不应该这样。"

"不该闭上眼睛吗？"

"不该拥抱我。"

尽管保持着身体上的距离，希尔维斯特勒·维塔里希奥依然同时肩负起父母的职责，承担起现世祖先的角色。我对这种细致感到奇怪。因为这种热忱否认了他所宣扬的一切。除非在某个未知的地方仍有无尽的未来，这种付出才有意义。

"但是爸爸，你告诉我们，世界是如何消亡的呢？"

"说实话，我已经不记得了。"

"但是阿普罗希玛多舅舅……"

"舅舅讲了许多故事……"

"那么，爸爸，您也给我们讲讲吧……"

"事情是这样的：在世界末日之前，世界便终结了……"

宇宙无声无息地走向尽头，没有掀起任何波澜。它日渐败落，枯竭至绝望。就这样，我爸爸空洞地叙述了宇宙的湮灭。首先灭亡的是阴性的地点：河流源头、海滩、湖泊。之后，阳性的地点也消亡了：聚居地、道路、港口。

"只有这里幸存下来。我们会在这儿永远生活下去。"

生活？生活是实现梦想，期待消息。希尔维斯特勒既不做梦，也不等待消息。一开始，他想要一个没人记得他名字的地方。现在，连他本人也不记得自己是谁了。

阿普罗希玛多舅舅会给爸爸狂热的想法泼冷水。他说自己的妹夫离开城市的原因非常普通，在为年龄所困的人群中尤为常见。

"你们的爸爸抱怨说他觉得自己老了。"

衰老无关年龄，而是疲惫。当我们变老之后，所有人看起来都一样。这便是希尔维斯特勒·维塔里希奥的抱怨。当他决定完成一次全面的旅行时，所有的居民与地点都已变得难以区分。另一些时候——这些时候非常多——希尔维斯特勒则会宣称：生命太过宝贵，不能在无趣的世界中浪费。

"你们的爸爸现在很像心理学家。"舅舅得出结论。"过些日子，这种情况会过去的。"

漫长的时光逝去，我爸爸却妄想依旧。随着时间流逝，舅舅出现得越来越少。我因为他越来越多的缺席而感到痛苦，而我哥哥则修正了我的想法：

"阿普罗希玛多舅舅并非你想象的那样。"他提醒我。

"我不明白。"

"他是个监狱看守。这就是他，一个监狱看守。"

"怎么会？"

"你的小舅舅正看管着这个关押我们的监狱。"

"那我们为什么要待在监狱里？"

"因为罪行。"

"什么罪行，恩东济？"

"我们爸爸犯下的罪行。"

"哥哥，别这么说。"

所有爸爸用来解释我们为何背离世界而编造的故事，所有那些离奇的版本都只有一个目的：遮蔽我们的理智，使我们远离过去的记忆。

"真相只有一个：我们家老头子正在逃脱制裁。"

"他犯了什么罪？"

"我之后再告诉你。"

　　✗　✗　✗

　　无论逃离的原因是什么，八年前，指挥我们撤离的都是阿普罗希玛多。他开着一辆快要报废的卡车，将我们带到了耶稣撒冷。舅舅早先就知道这个为我们预留的地方。有一段时间，他在这个古老的营地工作，负责监管狩猎。舅舅了解野兽与猎枪、草丛与森林。他一边用破车载着我们，一只胳膊搭在车门上，一边讲述动物的狡诈与丛林的秘密。

　　这辆卡车——也就是新的诺亚方舟——到达了目的地，但也永远瘫痪下来，停在后来我们家园的入口处。它在那里腐化生锈，也在那里成为我最心爱的玩具，成为我梦想的庇护所。坐在损坏机器的方向盘前，我本可以战胜距离与围栏，创造出无尽的旅程。我本可以像其他任何孩子一样，环绕整个星球，直到全世界都臣服于我。然而这些从未发生：我的梦想并未学会旅行。一个钉死在同一片土地上的人不懂得梦想其他地方。

　　幻觉消减之后，我开始寻求其他的方式来对抗忧伤。为了嘲弄缓慢流逝的光阴，我宣告：

　　"我要到河边去！"

　　也许没有人能听到我的话。然而，这声宣告却让我欣喜若狂，以至于我一边不断地重复它，一边向峡谷走去。在途中，我停在了一根死去的电线杆前，这根电线杆被树立起来，却从未投入使用。其他插在地上的电线杆都萌发出绿色的新枝，如今已经成为参天大树。唯有那根瘦骨嶙峋地死去，独自面对着无尽的时间。那根杆子，恩东济说，并非插入地下的树干，而是一根桅杆，属于一艘失去了海洋的船。因此，我常常拥抱它，借此获取来自年长亲人的安慰。

在河边，我徜徉在被驱散的梦里。我等待着我的哥哥，他傍晚时会过来洗澡。恩东济脱掉衣服，他就这样，保持着毫无庇护的状态，满怀忧伤地看着水面，正如他满怀忧伤地凝视着那个旅行箱——每一天，他都会将那个旅行箱装满，然后清空。有一次他问我：

"你在水下待过吗，小家伙？"

我摇了摇头，自知我并不明白他问题中的深意。

"在水下，"恩东济说，"能够看到无法想象的东西。"

我并未破解哥哥的话。然而，不久之后，我便感觉到：在耶稣撒冷，最真实、最有生机的便是那条没有名字的河流。毕竟，对泪水和祷告的禁令自有其意义。我爸爸并不像我们想象的那样超脱世界。如果必须要祈祷或哭泣的话，一定会在那里，在河边，膝盖弯曲跪在潮湿的沙子上。

"爸爸总说世界灭亡了，不是吗？"恩东济问。

"爸爸说了那么多。"

"恰恰相反，姆万尼托。不是世界灭亡了。而是我们死了。"

我汗毛直立，一股寒意从灵魂蔓延到肌肉，从肌肉蔓延到皮肤。原来我们的住处就是死亡本身吗？

"别这么说，恩东济，我害怕。"

"那你就记着：我们不是离开了世界，而是被放逐了，就像从身体里拔出倒刺一样。"

他的话刺痛了我，仿佛生命正插在我的身体中，而为了成长，我必须将这根倒刺拔出来。

"将来我会把一切都告诉你。"恩东济结束了谈话，"但是现在，我的小弟弟难道不想看看另一边吗？"

"什么另一边？"

"另一边，你知道的：就是世界，'那边'！"

在回答之前，我朝四周窥视了一番。我害怕爸爸正监视着我们。我窥视了小山的顶端、房屋的后方。我害怕扎卡里亚从这里经过。

"把衣服脱了，去吧。"

"你不会害我吧，哥哥？"

我想起来，有一次，他将我扔在平静的泥水中，我被困在底部，双脚被水下的芦苇根茎缠绕。

"跟我来。"他邀请道。

恩东济将脚浸在泥里，走进河流。他走到水及胸深的地方，鼓动我到他身边。我感受身边转动的水流。恩东济将手伸向我，害怕我被水流冲走。

"我们要逃跑吗，哥哥？"我问道，带有一种克制的兴奋。

　　我为自己从未想到这点而感到难过：这条河流是一条开阔的道路，一道没有阻碍的宽敞垄沟。出口就在那里，而我们却未曾看到它。想要高声制订计划的欲望越来越强烈：也许我们可以回到岸边，开始制作一条独木舟？没错，一条小独木舟就足以让我们离开监狱，带我们驶向广阔的天地。我盯着恩东济，而他对我的幻想依旧无动于衷。

　　"不会有独木舟的，永远不会。忘掉它吧。"

　　我难道没有听过，在下游，这条河会遭受鳄鱼与河马的侵袭？还有急流和瀑布，总之，就是这条河隐藏着无尽的危险与陷阱？

　　"但是有人已经去过了吗？我们只是听说……"

　　"安静点，别说话。"

　　我随着他逆流而上，在波涛中破浪而行，一直到达河流的转弯处，我后悔了，此处的河床都布满了滚动的石子。在这片平静的水域，河水清澈得令人震惊。恩东济松开我的手，并指导我：我应当照他的样子做。于是他潜入水中，等整个人都没入水中时，睁开眼睛，凝视水面闪烁的光。我就是这样做的：在河流的肚腹内，注视太阳的光芒。这种光辉令我目眩，让我沉浸于一种甜蜜包裹的盲目之中。如果有母亲的拥抱，就应该是这样，令人的感官感到晕眩。

　　"喜欢吗？"

　　"我喜不喜欢？简直太美了，恩东济，它们就像流动的星辰，却亮如白昼！"

"看到了吗，小弟弟？这就是另一边。"

我再次潜入水中，让自己沉醉在这种美妙的感觉里。但这一次，我却突然感觉头昏，顷刻之间，我失去了对自己的意识，混淆了水底与水面。我像一条失明的鱼，在原地打转，不知道如何浮上水面。倘若不是恩东济将我拽上岸边，我一定会溺水而亡。恢复意识之后，我坦白说，在水下时，突然感觉到一阵战栗。

"在另一边，难道有人在窥视我们吗？"

"是的，有人在窥视我们。是那些将会来捞我们的人。"

"你说的是'找'？"

"'捞'。[1]"

我浑身发抖。这种变成鱼、被困在水里的想法令我得出了一个可怕的结论：在太阳那边的其他人，是活物，也是唯一的人类生物。

"哥哥，我们真的死了吗？"

"只有活人才可能知道，弟弟。只有他们。"

河中的意外并未阻止我。相反，我继续回到河流转弯的地方，在平静的水域，放任自己沉没下去。我在水下待了很久很久，眼花目眩地拜访了世界的另一边。我爸爸从不知道，但正是在那里，而不是其他任何地方，我最大程度地提升了调试寂静的技艺。

---

1 这里的"找"和"捞"是葡语中两个读音相近的词"Buscar"和"Pescar"，前者的意思是"寻找"，后者的意思是"钓鱼、捕捞"。

我爸爸，希尔维斯特勒·维塔里希奥

> [……]
> 你在反面生活
> 不断地逆向旅行
> 你不需要你自己
> 你是你自己的鳏夫
> [……]
>
> **索菲娅·安德雷森**

　　我在认识自己之前便认识了我爸爸。因此，我有一点像他。没了妈妈，希尔维斯特勒·维塔里希奥骨骼突出的胸膛便是我唯一的怀抱，他破旧的衬衫是我的裹巾，瘦削的肩膀是我的枕头，单调的鼾声则是我唯一的摇篮曲。

　　许多年里，我爸爸都是一个温柔的灵魂，他的双臂能够环绕地球，在他的臂膀中，居住着最古老的安宁。即便他是一个奇怪且难以捉摸的人，我依然将老希尔维斯特勒视为唯一知晓真相的人，一位孤独的预言家。

今天，我知道：我爸爸失去了方向。他能隐约看到一些其他人都无法辨别的东西。尤其当九月的大风横扫平原时，这种幻象最为频繁。对于希尔维斯特勒来说，风就是鬼魅的舞蹈，而被风吹动的树则变成了人，它们是痛苦哀叹的死者，想要将自己连根拔起。希尔维斯特勒·维塔里希奥便是这么说的。他躲在房间里，藏在门窗后面，等待狂风停歇下来。

"风中满是疾病，这场风完全就是种传染病。"

在暴风雨的日子里，老头不允许任何人离开房间。他要求我待在他身边，而我则徒劳地试图培育宁静。我无法使他安静下来。在枝叶的噪音之中，希尔维斯特勒听到了引擎、火车与繁忙都市的声音。当疾风吹着口哨从树枝中穿过，他尽力忘记的一切又都回来了。

"但是爸爸，"我冒险问道，"你为何如此害怕？"

"我是一棵树。"他解释说。

树，没错，但却没有自然的根系。他所停靠的地方是一片陌生的土地，是他为自己发明的浮动国家。随着时间的推移，这种来自幻象的恐惧越发严重，从树木延伸到夜晚的小巷与地球的腹部。某个时刻我爸爸下令，日落时，要把井口盖上，因为从那个敞口处会冒出可怕且充满恶意的生物，而从地下冒出怪兽的画面令我震颤。

"爸爸，井里会冒出什么东西？"

那是我并不认识的一些爬行动物，它们会挖掘死者的坟墓，牙齿和指甲里都带着死亡本身的遗留。这些蜥蜴沿着水井潮湿的墙壁爬行，侵入梦中并弄湿成年人的床单。

"正因为这样，你不能挨着我睡觉。"

"但我害怕，爸爸。我只希望你能让我睡在你的房间里。"

对于我想睡在爸爸身边的企图，我哥哥从未作任何评价。深夜里，他看到我悄悄沿着走廊前进，停在爸爸房间不可进入的门前。有太多次，是恩东济过来将我带回房间，而我那时已在冰冷的地上睡着，像一块破布。

"到你的床上去吧，爸爸不会发现你的。"

我跟着他，失魂落魄，也没有感谢他。恩东济将我领到床前。有一次，他握住我的手对我说：

"你觉得你害怕吗？但你要知道爸爸比你更害怕。"

"爸爸？"

"爸爸不想让你待在他的房间，你知道为什么吗？因为他害怕极了，担心他晚上说梦话被人听到。"

"说什么梦话？"

"一些不可告人的事情。"

我们缺席的母亲再次成为一切疏远的原因。她并未消散在过去的时光里，而是混入了寂静的缝隙中和夜晚的凹陷处。没有办法埋葬这缕幽魂。她神秘的死亡既无原因亦无表象，未将她从生者的世界中剥离。

"爸爸，妈妈死了吗?"

"死了四百次了。"

"怎么会?"

"我已经跟你们说了四百次：你们的妈妈死了，彻底死了，就像她从未活过。"

"那她埋在哪里?"

"哎，她被埋在四面八方。"

或许是这样的：我爸爸清空了整个世界，只为了能装下他的虚构与想象。一开始，我们还会为那些从他话语中突然冒出的、如烟雾般飞升的小鸟而感到入迷。

"世界，你们想知道是怎样的吗?"

我们仅用眼睛作出回答。是的，我们迫切地想要知道，仿佛我们站立的土地就取决于它。

"所以世界，我的儿子们……"

他停顿了一下，摇晃着脑袋，好像思想一会儿压在这边，一会儿压在那边。随后，他站起来重复了这句话，声音严肃而又低沉：

"世界，我的儿子们……"

起初，我对这种重复感到恐惧。或许我爸爸根本不知道如何回答，而我难以承受的正是这种脆弱。希尔维斯特勒·维塔里希奥知晓一切，而这种绝对的智慧是我的庇护所。赋予事物称谓的是他，为树木和蛇类命名的是他，预言狂风与洪水的也是他。我爸爸是唯一分管我们的神祇。

"没错，你们有权知道，我会告诉你们世界是什么……"

他吸了口气，我吸了口气。最终，他找回了话语，而它的光再次为我带来一块确定的土地。

"所以，这很简单，我的儿子们，世界消亡了，在耶稣撒冷之外，什么也没剩下。"

"难道，在外面，一个女人都不剩了吗？"某一次，我的哥哥问道。

希尔维斯特勒抬起眉毛。恩东济的态度软了下去，他明白这个问题是在挑衅：没有女人，我们就没有种子。我爸爸的反应就像个小孩，他抬起双臂，捂住了脑袋。恩东济重复了这句话，像是在用指甲划玻璃：

"没有女人，我们就没有种子。"

希尔维斯特勒的严厉证明了那个早已有之却从未公布的禁令：女人是禁忌话题，比祷告更为禁止，比眼泪与歌声更加罪恶。

"我不想说这个。女人不能踏足这里，我也不想听到这个词汇。"

"别动气，爸爸，我只是想知道……"

"在耶稣撒冷不能提起她们。女人全都是婊子。"

我们从未从他那里听到过这个词，但它仿佛解开了一个结。从那时起，"婊子"便成为我们之间称呼"女人"的另一种方式。此外，如果阿普罗希玛多不合时宜地谈到女人的话题，我家老头就会在屋子里扯着嗓子嚷嚷：

"全都是婊子！"

在恩东济看来，这种不得体的行为是希尔维斯特勒·维塔里希奥越发疯癫的明证。对我来说，我爸爸最多是患上了一种短暂的疾病。正是因为这种疾病，在严酷的寒冬里，一旦天上云朵变得稀疏，我们便要在坚硬的土地上挖掘，打下一个个干涸阴暗的水井。

傍晚时分，我爸爸检视着简陋的坑洞，那都是在板结的土块与碎石间挖出来的。为了证明这项工程的效果，他又做了如下的检查：恩东济脚上拴着一根长绳，深入到坚硬的咽喉之中。我们忧心忡忡地看着他被幽深吞噬，失去了与活人世界的最后一点联系。希尔维斯特勒手中紧绷的绳索仿佛是脐带的对立面。我的哥哥刚升起来，被救回地面，我们接着就要在地上再打个洞。一天结束时，我们累得筋疲力尽，满身沙子，卷曲的头发上沾满尘土。我有时还会大胆问一句：

"我们为什么要挖洞呢，爸爸？"

"只是为了给上帝看。只是为了给祂看。"

上帝看不到，我们这里太远了。神圣的汁液并不会从这片热锅上的地洞中冒出来。希尔维斯特勒想要丑化造物主的作品，就像吃醋的丈夫，为了不让别人欣赏到妻子的美貌而毁掉她的脸庞。然而他对此的解释却截然相反：这些水井不过是陷阱罢了。

"陷阱？要抓什么动物？"

"来自远方的动物。我已经听到这些混账东西在附近游走的声音了。"

无论还有多少疑虑，我们都明白解释到此为止。一种模糊的感觉控制住了老希尔维斯特勒，让他感到某种无法避免的东西正在靠近。我们收到的指令越来越自相矛盾。举例来说，我、哥哥和扎卡里亚·卡拉什按照希尔维斯特勒的指令清扫一些小道。"清扫"这个动词只有在我爸爸的语言中才是正确的。因为这是一种反向的清扫：我们不是在清洁道路，而是在上面铺上尘土、树枝、石头、种子。我们到底在做什么呢？我们要在刚刚出现的小道上，杀死它们成长为真正道路的意图。以这种方式，我们将所有命运都扼死在襁褓之中。

"我们为什么要消灭道路呢，我的爸爸？"

"我从未见过一条不忧伤的道路。"他如此回答，目光并未从编制藤篮的柳条上移开。

我哥哥并不妥协，他表示这个答案不能令他满意，爸爸便总结了一下他的论据。我们应当看看道路为我们带来了什么。

"带来了阿普罗希玛多舅舅和我们的包裹。"

希尔维斯特勒装作没有听到，无动于衷地接着说：

"等待。这才是道路所带来的。而等待也正是我们衰老的原因。"

而我们也再度成为了衰老天空与干涸云朵的俘虏。尽管离群索居，我们却并不清闲。从日出到日落，我们每天的日常都规定好了。

在一个没有日期概念的世界里，昼夜交替是件很严肃的事。每天清晨，我家老头会检查我们的眼睛，在我们的瞳孔中仔细探究。他想要确认我们是否观看了日出。这是活人的第一项任务：观看造物星球的显现。凭借眼睛中储藏的光辉，如果我们在被褥中待了太长时间并对此撒谎的话，希尔维斯特勒·维塔里希奥马上就会知道：

"这只瞳孔中充满了黑夜。"

每天结束时，我们有另外的任务，但同样神圣。当我们来道别的时候，希尔维斯特勒会问：

"你拥抱过大地了吗？"

"拥抱过了，爸爸。"

"双臂张开匍匐在地？"

"像爸爸教导的那样拥抱的。"

"那就上床去吧。"

一般情况下，他很早就去休息了，连日落都等不到。我们陪他走到卧室，笔直地站在一旁，直到他在床上躺好。他随意地摆摆手，用模糊的声音说：

"现在你们可以走了。我已经开始脱离身体。"

他瞬间就睡着了。接着便出现我们家庭的奇迹：在房间的各个角落，蜡烛自行燃烧起来。更晚一些，我躺在床上，听着恩东济沉稳的呼吸——他已经进入了猫头鹰与噩梦的国度。我有时会听到我哥哥说梦话，用不是他自己的声音呼喊：

"玛丢斯·文图拉，到地狱里下油锅去吧！"

即使在睡梦中，我哥哥依然在对抗父亲的权威。玛丢斯·文图拉这个名字同样是耶稣撒冷不可言说的秘密。事实上，希尔维斯特勒·维塔里希奥曾有过另一个名字。曾经，他叫作文图拉。在我们搬到耶稣撒冷之后，我爸爸给我们起了另外的名字。作为被再次命名的人，我们有了另一次出生，也能更加脱离过去。

更名改姓并非一个无足轻重的决定。希尔维斯特勒准备了一场隆重而有意义的仪式。太阳刚一落山，扎卡里亚便敲起鼓来，大声呼喊出一串费解的祷词。我、我舅舅和我哥哥聚集在小广场上。我们安静地站着，等待对我们的召唤。正在那时，希尔维斯特勒·维塔里希奥裹着床单，走进广场。他带着一块木头，以先知的风范走到耶稣受难像旁边。他将木头插在地上，于是我们明白，这是一块牌子，上面浅刻着一个名字。我爸爸张开双臂宣告：

"这里是最后的国度，它将被称作耶稣撒冷。"

接着，他让扎卡里亚给他拿来一桶水。他将几滴水洒在地上，但马上就后悔了。他并不想给逝者喝水。他用脚蹭掉了湿润的沙子，直到不留痕迹。修正错误之后，他用沉重的声音宣布：

"现在，我们开始举行除名仪式。"

我们一个个被叫上前去。是这样的：奥兰多·玛卡拉（我们亲爱的"教母"舅舅）成为了阿普罗希玛多舅舅。我哥哥奥林多·文图拉变成了恩东济。助手厄尔内斯提尼奥·索布拉被更名为扎卡里亚·卡拉什。而玛丢斯·文图拉，我多灾多难的父亲，则变成了希尔维斯特勒·维塔里希奥。只有我保留了原先的名字：姆万尼托。

"他还处于正在出生的状态。"我爸爸如此解释对我名字的保留。

我有许多个肚脐，已经出生了无数次，每次都是在耶稣撒冷，希尔维斯特勒高声宣告。同样在耶稣撒冷，我将结束自己的最后一次出生。"那边"——我们所逃离的那个世界——实在太过悲伤，令人失去了出生的欲望。

"我还不知道有谁是因为喜欢才出生的。也许扎卡里亚是吧……"

只有卡拉什自己笑了。也正是这位扎卡里亚，受上级指派，将会正式记录我们的新名字。

"把这里的居民都登记在人口清单里，把所有东西都刻在这块木头上。"我爸爸一边下令，一边递给他一柄旧匕首。

扎卡里亚犹犹豫豫地选好位置，摆好姿势，确保木头在他的两腿之间。他双手交替地摆弄着匕首，迟迟不肯开始记录。

"抱歉，维塔里希奥。是写还是刻？"

"把我说的都写下来。"

扎卡里亚·卡拉什用浅刻的方法，小心翼翼地描画着，仿佛每一个字母都是活人身上的一道伤痕。某一时刻他停下了刻刀：

"维塔里希奥，开头是大写的'V'吗？"

这时，阿普罗希玛多舅舅打断了这个仪式，向希尔维斯特勒请求，如果这真的是件严肃的事情，那在给孩子起名时，至少要记得祖先。一直都是这样的，将上一代的名字传递到下一代。

"告慰我们的祖先吧，让这两个孩子随他们的名字。为小家伙们提供点庇佑吧。"

"如果没有过去，便没有祖先。"

遭到反驳之后，阿普罗希玛多中途离开了仪式。恩东济随舅舅而去，剩下我一人不知所措。在我脚边，只有那位曾经的军人还坐在那里，仰望天空，为自己书写过程中的犹疑不决寻找解决办法。礼数周全的希尔维斯特勒松了松环绕脖颈的床单，断言道：

"我们是五个人，但只有四个恶魔。而你，"他指向我，"缺少一只魔鬼。因此，你并不缺少任何姓名……对你来说，这样就足够了：姆万纳，姆万尼托[1]"。

这天晚上月光皎皎，而我则难以入睡。我爸爸刚刚说起的关于我不完整出生的话仍在我耳边回响。我接着又想到，正是由于我自己的错误，才失去了母亲。我妈妈去世并非因为她不愿存活，而是因为她将自己与我的身体分离。每次出生都是一次排斥，一次截肢。倘若按我的心意，我宁肯自己仍是她身体的一部分，让同样的血液浸润着我们。说是"分娩"，但其实更正确的词

---

1 "姆万尼托"是"姆万纳"葡萄牙语化的指小词，而在莫桑比克中部使用的土语塞纳语中"姆万纳"的意思是"小伙儿、男孩、儿子"。

是"分离"。我希望能纠正那次分离。

×　×　×

战争剥夺了我们的记忆与希望。但是，令人惊奇的是，正是战争教会了我阅读文字。容我解释一下：是在军需物资箱粘贴的标签上，我辨识出最初的几个字母。扎卡里亚·卡拉什在营地后方的房间，是一个真正的火药库。是"战争部"，就像我爸爸所说的那样。当我们到达耶稣撒冷时，那里已经储备着武器与弹药了。扎卡里亚选择了那间屋子落脚。在同一间茅屋内，军人撞见我正在辨识箱子标签上的内容。

"这不能读，小家伙。"曾经的军人告诫我。

"不能读？但看起来像是文字。"

"像，但不是。这些是俄文，而俄文连俄国人都读不懂。"

扎卡里亚突然一把撕碎了那些标签。接着，他从抽屉里拿出另一些标签递给我。据他所说，这些标签是国防部从俄语原文翻译过来的。

"你就只读这些用纯葡萄牙语写成的纸片。"

"教我阅读吧，扎卡。"

"如果你想学的话，就自己学。"

自己学？这不可能。但更不可能的是指望扎卡里亚教我任何东西。他清楚我爸爸的命令。耶稣撒冷不能有书，或者本子，或者任何与书写有关的东西。

"那我来教你阅读。"

这是更晚一些,恩东济所说的话。而我拒绝了。这太冒险了。在河里,我哥哥已经带我看到了世界的另一端。我简直无法想象,如果老希尔维斯特勒知道了他长子的僭越行为,究竟会有怎样的反应。

"我来教你阅读。"他炫耀性地重复道。

就这样,我们开始了最初的几次课程。有些人在教室里,依靠课本进行学习,而我则是从拼读战争说明起步的。我的第一所学校是一个火药库。课程便这样进行着:在仓库昏暗的光线下,趁扎卡里亚常常不在的时候,在丛林的枪声中。

我已经能够将单词聚集在一起,编织出句子与段落。我很快发现,比起阅读,我更倾向于吟唱,仿佛面前的是乐谱一样。我并不读,而是唱,这是双重的忤逆。

"你不怕我们被发现吗,恩东济?"

"你应该害怕的是无知。阅读之后,我会教你书写。"

没过多久,书写的地下课程就开始了。用一根树枝在庭院的沙地上写写画画,我感到目眩神迷,感觉世界就像大雨过后的荒原一样获得了新生。我很快便理解了希尔维斯特勒的禁令:书写是过去与未来时光之间的桥梁,但对我而言,那些时光之前都不曾存在。

"这是我的名字吗?"

"是。这儿写着'M-w-a-n-i-t-o'。你不会读吗?"

我从未告诉过恩东济,但在当时,我却感觉并非在跟他学习。我真正的老师是朵尔达尔玛。随着我认识更多的单词,在梦中,我的妈妈也获得了更多的声音与躯体。河流让我看到了世界的另一端。书写将已经失去的母亲的脸庞还给了我。

等阿普罗希玛多再次到来时,恩东济偷走了他用来记录我们需求的铅笔。

我哥哥充满仪式感地将铅笔放在指尖上转动,并对我说:

"把它藏好。这是你的武器。"

"我在哪里写字呢? 在地板上吗?"我悄声问道。

我已经想过这个问题了,恩东济回答。接着他便离开了。片刻之后,他再次出现,带来了一副纸牌。

"这就是你的笔记本。如果老头子出现,我们就假装是在玩。"

"在纸牌上面写字吗?"

"这儿还有其他纸吗?"

"但是就用我们平时玩的纸牌?"

"正因为这样,爸爸永远不会怀疑。我们已经在玩牌时作过弊了。现在我们要在生活中作弊。"

以这种方式,我写出了自己的第一篇日记。同样以这种方式,那些"幺尖"(A)、"侍从"(J)、"王后"(Q)、"国王"(K)、"大鬼""小鬼"开始分享我的秘密。微小的笔画填满了红心、梅花、方片、黑桃。在这五十四个小小的方框中,我注入了童年的抱怨、希望与自白。在与恩东济的牌局中，我总是输。在与写作的对局里，我总是输掉自己。

每天晚上，在完成记录之后，我都会把纸牌收起来，埋在院子里。回到房间之后，我满怀妒意地窥视着恩东济睡着的脸。我已经能够隐约看到河中流动的光芒，我已经学会经由小巧的字母旅行，仿佛每一个字母都是一条无尽的道路。但我依然无法回忆与做梦：我想要那艘将恩东济带往我们已逝母亲怀抱中的船。有一次，积攒的愤怒流露出来：

"爸爸说这是谎言，说你根本没有梦到妈妈。"

恩东济同情地看着我，仿佛我是没有依靠的人，而我做梦的器官已经被摘除了。

"你想做梦吗？那你必须要祈祷，小弟弟。"

"祈祷？你不知道爸爸……"

"忘掉爸爸。如果你想要做梦的话。"

"但我从未祈祷过。我根本不会……"

"给我一张小纸牌，我写一首祈祷词让你背诵。看着吧，在这之后，你就会做梦了。"

我将纸牌从地下挖出来，给了他一张方片 A。在红色的菱形图案四周，有空间让他写下神圣的词汇。

"这张不行。你不如给我一张'王后'。因为这是一首献给圣母的祈祷词。"

我将这张纸牌保存妥当，仿佛它是我毕生能够拥有的最珍贵的财富。当我在床前跪下，我的心总会扰乱这小小的祷告。直到有一天，我嘴里念着祷词时，军人扎卡里亚突然出现。

"你在唱歌吗，姆万尼托?"

"才不是呢，扎卡。是俄语，我从剩下的标签上学到的。"

我的谎言站不住脚。扎卡里亚，没错，他奉希尔维斯特勒的命令监视我们。我们马上便被召集起来。我爸爸已经准备好了对恩东济的指责:

"是你教会了你弟弟。"

我预见到暴力，不等恩东济求助，便赶紧帮忙:

"恩东济根本不知道我学习的事情。"

"这里谁也不许祈祷!"

"但是，爸爸，这有什么不好?"恩东济质问。

"祈祷就是呼唤来访。"

"但谁会来访呢，既然世界上已经没有任何人了?"

"还有舅舅……"我适时地更正。

"闭嘴，谁让你说话了?"我哥哥吼道。

老希尔维斯特勒面露微笑，对大儿子的绝望表现深感满意。他已经不需要插手了，儿子已经以另一种方式受到了惩罚。恩东济注意到父亲的满足，深吸了一口气以自我克制。再度讲话时，他已经调整好了嗓音:

"我们能有怎样的访客呢? 跟我们解释一下吧，爸爸。"

"有你根本注意不到的访客。天使和魔鬼，它们无需我们同意便会到来。"

"是天使还是魔鬼?"

"天使还是魔鬼,区别并不在于他们,而仅仅在于我们。"

希尔维斯特勒举起的胳膊不容置疑:谈话已经越了界。事情很清楚,再也不能有祈祷。这就是最终的句点,是不可争辩的唯一决断。

"而你!"我爸爸指着我宣布,"我一次也不想再听到你哭。"

"我什么时候哭过,爸爸?"

"就现在,你正在无声地哭。"

希尔维斯特勒已经准备起身离开,而恩东济却表示他希望最后说句话。他直视着希尔维斯特勒突出的眼睛:

"不能祈祷也不能哭?"

"哭和祈祷是同一件事。"

✗　✗　✗

第二天夜里,我被狮子的吼叫声惊醒。它们就在近处,也许正围着猪圈。在房间的黑暗里,我抱住自己以便入睡。恩东济正在酣睡,而我因为无法战胜恐惧,便到我爸爸的床下寻求庇护。在这种隐秘的亲密之中,我紧靠着冰冷的地面,借他的鼾声抚慰自己入睡。然而,没过多久,他就发现了我,严厉地将我驱逐出去。

"爸爸，求您了，让我留下吧，就这一次，让我跟您一起睡。"

"人只有在墓地里才一起睡。"

我无依无靠地回到自己床上，听着猫科动物的吼叫，如今它们离得更近了。那一刻，当无助的我跌跌撞撞地走在黑暗中时，我第一次恨起我家老头。在床上躺好之后，我的胸中燃烧起熊熊怒火。

"我们把他杀了吧？"

恩东济的一个手肘支在床上，等待着我的回答。他的等待落空了。声音卡在了我的喉咙里。他坚持道：

"这只老乌龟杀了我们的妈妈。"

我绝望地摇着头。我不想听。我迫切希望能够再次听到狮子的吼声，让它盖过我哥哥的声音。

"你不信吗？"

"不。"我低声说。

"你不相信我？"

"或许吧。"

"或许？"

这声"或许"压在我的良心上，像一副重担一样。我怎么能赞同我爸爸可能是一个杀人犯呢？我花了很长时间，试图从这种负罪感中解脱出来。我想到了一些减轻罪责的理由：如果真的发生了什么事情，我爸爸也不是有意的。谁知道呢，也许他只是正当防卫？或者他是出于爱情才杀人，而在犯下罪责的时候，他自己也有一半随之死去？

事实上，在我们孤独的专制王位上，我爸爸失去了理智，他躲开了世界与他人，却无法逃离自己。或许正是这种绝望让他献身于一个私人的宗教，一种对神圣非常个人化的解读。通常而言，上帝的责任是赦免我们的罪孽。对希尔维斯特勒来说，上帝的存在是为了让我们以人类的罪孽来怪罪祂。在这种反向的信仰中，既没有祷告，也没有仪式：在营地入口处放一个简单的十字架，就足以将上帝引领到我们的住所。而在耶稣受难像上面有一个欢迎标牌："欢迎到来，尊贵的客人！"

"这是为了让上帝知道我们已经原谅他了。"

上帝显灵的希望使我哥哥勾起一抹不屑的微笑：

"上帝？这里太远了，上帝会迷失在路途中。"

x x x

第二天早晨，在去往河流的路上，我们并未遭遇到超自然的生物，而是意外碰到了我满腔怒火的爸爸。他将扎卡里亚·卡拉什也一起带来。当希尔维斯特勒准备诉诸暴力的时候，卡拉什远远站在一边。

"我知道你们在河里都干了什么。你们两个，光着身子……"

"我们什么也没干，爸爸。"我抢先回答，对他的委婉感到奇怪。

"不关你的事，姆万尼托。让扎卡带你回家。"

在我的啜泣声之上，我依然能够听到希尔维斯特勒殴打自己儿子的声音。卡拉什甚至说要折返回去。然而，他最终将我推进了阴暗的房间里。这天晚上，恩东济被拴在猪圈里过夜。凌晨他就病倒了，因为高热而浑身颤抖。是扎卡里亚穿过晨雾，将他抱回了房间。那时的小恩东济已经接近生命的尽头。光线还很昏暗，我听到希尔维斯特勒、扎卡里亚和阿普罗希玛多舅舅的脚步声在房间反复回响。临近清晨，我无法再继续装睡。恩东济，我的哥哥，我童年时唯一的伙伴，就快到另一个世界去了。我走出房间，拿起一根长棍，开始在房子周围的土地上书写。我书写，疯狂地书写，像是要用自己潦草的字迹将所有的景象占满。四周的土地将会变成一张播撒了奇迹的书页。这是一份请求，恳请上帝赶紧来到耶稣撒冷，拯救我可怜的哥哥。我精疲力竭地睡了过去，躺在我自己的笔迹上。

到了中午，扎卡里亚·卡拉什拉着我的胳膊，将我从睡梦中摇醒：

"你哥哥在发烧。帮我一起将他放进河里。"

"抱歉，扎卡里亚。让爸爸做这件事不是更好吗?"

"什么都别说了，姆万尼托，我知道自己在做什么。"

河流是最后的治疗方法。我和军人用手推车运送恩东济，他摇晃的双腿就像已经死去了一样。扎卡里亚将我可怜的哥哥浸入水中，让他毫无生气的身体七次没入水流，七次从水流中出来。

然而，恩东济却并未好转，高热也依然炙烤着他虚弱的身体。

面对可以预见的结局，阿普罗希玛多舅舅想要将他带到城里的医院。

"求你了，希尔维斯特勒兄弟。回城里吧。"

"什么城里？已经没有城市了。"

"到此为止吧。这种疯狂不能再持续下去了。"

"没有什么要停止的。"

"你已经尝到了失去妻子的痛。但你绝对受不了儿子的死。"

"让我一个人待着吧。"

"如果他死了，你就再也不可能一个人待着了。他会成为你第二个不好的陪伴。"

希尔维斯特勒极力克制着。妻舅太过分了。我爸爸怀着满腔的恨意握住椅子的扶手，他的恨意如此巨大，令人觉得反倒是木头将他困在了座位上。不久之后他鼓起胸口，深吸了一口气：

"那我就问一下，我亲爱的奥兰多，也就是我亲爱的大舅哥：你在进入耶稣撒冷的道路上洗过澡了吗？"

"我不屑于回答。"

"恩东济的病就是你带过来的。"

他拽起舅舅的领子，让他在衣服里摇晃。这位亲戚知道为什么，在今天之前，这个家庭都能够免于野兽、毒蛇、疾病和意外吗？原因很简单：在耶稣撒冷没有死者，也就不会遭遇到墓地、孤儿的悲恸，或是鳏夫的哭泣。这里并不怀念任何东西。在耶稣撒冷，生命并不需要向任何人请求谅解。在这个时刻，他也并不觉得自己有义务做更多解释。

"你可以回到腐朽的城市去了。离开这儿吧。"

⁂　⁂　⁂

当天晚上，阿普罗希玛多仍然同我们睡在一起。在他睡着之前，我走到他的床前，下定决心向他坦白：

"舅舅，我觉得错误在我。"

"什么错误？"

"是我让小恩东济生病的。"

我的错误如下：我曾经赞同了他想杀死爸爸的意愿。阿普罗希玛多宽大的手放在我的头上，对我露出善意的微笑：

"我给你讲一个故事。"

他讲述了一位身份不明的父亲，一直不知道如何给儿子足够的爱。一次，他们居住的茅屋着火了，这个男人将孩子抱在怀里，逃离了悲剧发生的地方，在夜色中向远方走去。他应当是越过了这个世界的边界，因为当他最终想把孩子放在地上时，发现大地已经不复存在。剩下的只有虚空之中的虚空，在无边天际中破碎的云朵。他对自己得出结论：

"现在，只有在我的怀抱中，我儿子才有立足的土地。"

这个孩子从未发现，这片他用来生活、成长、生儿育女的广衮土地，其实只是他老父亲的怀抱而已。多年以后，他打开父亲的墓穴，将儿子叫到面前，对他说：

"看见土地了吗，儿子？看起来像是沙子、石头、土块，但其实是臂膀与拥抱。"

我蹭了蹭舅舅的手，回到自己的床上，彻夜未眠。我监察着恩东济沉重的呼吸声。也正是那时，我意识到，他正在慢慢恢复生机。突然，他的双手在黑暗中摸索，像是在寻找着什么。他接着发出一声呻吟，就像占卜预言：

"水！"

我克制着自己的情感，赶紧起身帮忙。阿普罗希玛多醒了，点燃一盏油灯。光线的焦点很快远离了我们，偏移到走廊上。一瞬间之后，三个成年人已经走进屋子，冲到恩东济的床边。希尔维斯特勒颤抖的手探寻着儿子的面庞，发现他已经退烧了。

"河流救了他。"扎卡里亚感叹道。

军人跪在床前，拿起恩东济的手。另外两个成年人——阿普罗希玛多与希尔维斯特勒——站在一旁，沉默地对峙着。他们突然拥抱了彼此。油灯掉在地上，只能看到他们的双腿。紧张的步伐忽前忽后，像是两个盲人在跳一支笨拙的舞蹈。希尔维斯特勒第一次将这位妻舅称为兄弟：

"抱歉，我的兄弟。"

"如果我的外甥死了，你就再也没有能够过活的地方了。"

"你很清楚我有多关心这两个孩子。我的儿子就是我最后的生命。"

"你这并不是在帮他们。"

握住小鸟的翅膀并不能帮助它们飞翔。小鸟会飞仅仅因为它们被允许成为鸟儿。阿普罗希玛多舅舅如此说道。之后他便走了，消失在黑暗里。

我的哥哥，恩东济

不要在那个由生者
拜访所谓死者的地方
寻找我。
在广袤的水域中寻找我。
在广场上，
在烈火的心中，
在狗群与马群之间，
在稻田与溪流里，
或者与群鸟一道，
或者散落于另一个存在，
沿着艰难的道路上升。

石头、种子、盐、生命的步伐。
在那里寻找我。
活着。

希尔达·希尔斯特[1]

---

1 希尔达·希尔斯特（Hilda Hilst, 1930—2004），巴西作家。在长达半个世
纪的文学生涯中，她出版了 41 部诗集、小说和剧本，获得多个文学奖项。
晚期作品转向魔幻现实主义风格，更多地描写迷乱、情色、死亡和地府，
充满超自然的异象。

耶
稣
撒
冷

我哥哥恩东济只梦想着一件事：逃离耶稣撒冷。他曾经见识过世界，在城市生活过，记得我们的妈妈。这一切都让我嫉妒。我无数次请他为我讲述那个我所未知的宇宙，而每一次，他都沉浸在细节、色彩与光明之中。他的眼睛闪着光，里面充斥着梦想。恩东济就是我的电影院。

无论多么令人难以置信，鼓励他讲故事的正是我们的爸爸。希尔维斯特勒曾认为，一则好故事是比步枪和匕首更为厉害的武器。但这是在我们到达耶稣撒冷之前。那段时间，面对儿子对校园冲突的抱怨，希尔维斯特勒鼓励恩东济说："如果他们威胁要打你，你就用一则故事来回应。"

"爸爸竟这样说吗？"我惊讶地问。

"是的。"

"那结果呢？"我问。

"我被揍惨了。"

他微微一笑，却是惨淡的笑容。因为真相是，如今还能编造出怎样的故事呢？怎样的故事可以在没有泪水、没有歌声、没有书籍也没有祷告的情况下创造出来呢？我哥哥整个人都暗淡下去，以肉眼可见的速度迅速衰老。有一次，他以奇怪的方式哀叹道：

"在这个世界上有生者与死者。还有我们这群没有旅程的人。"

恩东济之所以感到痛苦，是因为他还记得，还有所比较。对我来说，这种幽禁并没有那么难熬：我从未有过其他的体验。

　　有时我会向他问起我们的妈妈。那是属于他的时刻。恩东济就像烈火中的干柴一般熊熊燃烧。他表演着一切，模仿着朵尔达尔玛的声音与姿态，每次都会揭示一些新的侧面。

　　有些时候，我因为分心失神，没有请他回顾这些事情，他马上便会做出反应：

　　"你难道不向我问问妈妈吗？"

　　接着，他再一次唤醒记忆。在展示的最后，恩东济憔悴万分，正如酗醉之后的疲惫一样。知道会是这种悲伤的结局，我便打断他的演出，向他发问：

　　"那其他女人呢，哥哥？其他女人是怎样的？"

　　于是，他的眼中闪动着新的亮光。他围绕自己转了一圈，仿佛回到了一个想象舞台的幕后，又再度登台模仿其他女人的动作。他将衬衣卷起来模仿凸起的胸脯，屁股左右摇摆，像只疯母鸡一样在屋里转来转去。我们倒在床上，笑死过去。

　　有一次，恩东济向我坦白了他曾经坠入爱河的体验。这更像是一次臆想而非亲历。不可能是其他情况：他离开城市时只有十一岁。恩东济对女人的渴望如此热烈，以至于睡梦中的她们比有血有肉的女人更加真实。某一次，在这种幻觉的真实中，他遇到了一个风情万种的女人。

　　当出现的女人碰到他的胳膊，他注视着她，一阵寒意席卷而来：这个姑娘没有眼睛。在眼眶的位置，他看到的是两个空洞，是两口没有侧壁、望不到底的深井。

"你的眼睛怎么了?"他的声音颤抖着。

"我的眼睛有什么问题吗?"

"好吧,我看不到它们。"

她微笑着,对他的尴尬感到吃惊。他应该是太紧张了,不能让视线聚焦。

"人们总是无法看到所爱之人的眼睛。"

"我明白。"恩东济赞同着,小心翼翼地向后退去。

"你怕我吗,小恩东济?"

恩东济又往后退了一步,掉落进无尽的深渊,直到今天还在坠落、坠落、坠落。在我哥哥看来,教训非常清楚。沦陷于激情的人注定会失去视力:我们无法看到我们深爱的人。相反,陷入热恋的人只能看到自身的深渊。

"女人就像岛屿,永远无法接近,却又使周围的大海都黯然失色。"

对我来说,这一切都像浓重的海雾,更增添了女人的神秘。很多时候,我整个下午都盯着纸牌上的"王后",心里想着,如果这些画面是真实的,恩东济的臆想就完全站不住脚。她们就像扎卡里亚·卡拉什一样有男性气质、一样干瘪。

"有时候,女人会流血。"我哥哥某次说道。

我感到奇怪。流血?我们都会流血;为什么恩东济要专门说起这个?

"女人不需要伤口,她们出生时体内就有一个口子。"

当我提起这个问题时，希尔维斯特勒·维塔里希奥答道：女人受到了上帝的伤害。他补充说：当上帝决定成为男人时，她们被划了一刀。

"妈妈也流血吗？"

"不，妈妈不流血。"

"临死都没有流血吗？"

"没有。"

那天晚上，在梦中，我突然看到一条鲜血组成的小河，正从希尔维斯特勒的身体里流出。天空下起了血雨，河流染成了红色，我爸爸淹死在泛滥的河水中。

我跳入水中，想要寻回他的尸体。他的身体被我环抱住，尽管我的手臂如初生婴儿般弱小。在我的身体中，希尔维斯特勒模糊的声音回荡着：

"我是男人，但我像女人一样流血。"

ⅹ　ⅹ　ⅹ

有一次，爸爸走进我们的房间，正好撞见我哥哥的表演，他当时正积极模仿的女人被他形容为"卖弄风情"。希尔维斯特勒双目通红，眼中充斥着怒火：

"你在模仿谁？嗯，谁？"

他打得如此用力，以致我哥哥完全失去了意识。我挡在两人之间，用自己的身体平息父亲的怒火，我喊道：

"爸爸，别这样，哥哥那么多次都差点死了……"

这是事实：在高热过后，我哥哥时常突发急症。恩东济先是全身肿胀，眼神迷离，双腿像盲人舞娘一样胡乱摆动，接着便突然倒在地上。每当这时，我都会跑去求助，而希尔维斯特勒·维塔里希奥则缓缓到来，反复念叨着不知是判决还是诊断的话：

"灵魂的灼烧！"

我们的老爸爸对于这种发作有自己的解释：灵魂太多了。是在城里染上的病，他得出结论。他伸出手指，嘟囔着：

"你哥哥就是在那儿沾染了这种恶心的东西。在那儿，在该死的城市。"

治疗简单有效。每次恩东济昏厥，我爸爸就将他的两个膝盖放在胸口，以手指作刀刃，越来越用力地掐着他的喉咙。看起来快要将他掐死了，然而，突然之间，我哥哥就像被划破的气球，身体放空，气息从嘴唇间流出，发出一种类似母骡泽斯贝拉嘶鸣的声响。恩东济排空体内的空气之后，我爸爸俯下身子，近得几乎贴在他的脸上，庄重地低语：

"这是生命的吹息。"

他深吸一口气，用力地吹向恩东济的嘴。当儿子开始不安地晃动时，他宣告胜利：

"是我生出了你们。"

我们永远不能忘记这一点，他重复说。他带着急促的呼吸、挑衅的眼神重申：

"你们的妈妈或许曾将你们带离黑暗。但我生出你们的次数比她还多。"

他以胜利者的姿态离开我们的房间。片刻之后，恩东济恢复清醒，他用手长久地摩挲着双腿，像是在确认它们是否完好无缺。他就这样背对着我，重新获得自己的存在。有一次，我在他背上看到悲哀的颤抖。恩东济在哭。

"怎么了，哥哥？"

"都是谎话。"

"什么谎话？"

"我不记得了。"

"不记得？"

"我不记得妈妈。我无法记起她……"

他模仿她时那些生动的表演，每一次都是纯粹的捏造。当死者失去生命时，他们并未死去，只有当我们选择遗忘时，他们才真正死了。对于恩东济而言，朵尔达尔玛彻底死了，而他童年的时光也一去不返，那时，他还是他出生的那个世界的孩子。

"现在，我的弟弟，现在我们是孤儿了。"

或许在那天晚上之后，恩东济感到自己变成了孤儿。而对我来说，这种感觉更加容易接受：我从未有过妈妈。我是希尔维斯特勒·维塔里希奥一个人的儿子。出于这个原因，我无法接受哥哥每天都会对我发出的邀请：邀请我去恨我们的父亲。邀请我像他一样，期待父亲的死亡。

✗　✗　✗

或许因为疾病，或许因为绝望，恩东济行为大变。失去了虚假回忆的滋养，他变得忧伤，情绪暴躁。一项仪式占据了他夜晚的光阴：他将不多的物品分门别类地放在一个旧箱子里，再将箱子藏在衣柜后：

"永远别让爸爸看到这个。"

一大早，恩东济将同一只箱子放在脚上，长久地盯着一张破旧的地图看，这张地图是阿普罗希玛多舅舅偷偷送给他的。他用食指在印刷的纸张上划过，再次划过，仿佛一只沉醉的小船在想象的河流中航行。之后，他万分小心地将地图折叠起来，将它放在箱子的底部。

有一次，当他关闭箱子锁扣的时候，我鼓起勇气：

"哥哥？"

"什么都别说。"

"需要帮忙吗？"

"帮什么忙？"

"嗯，帮你放箱子……"

我们站在椅子上，把箱子推到衣柜上面，这时恩东济小声说道：

"王八蛋，老杀人犯！"

✗ ✗ ✗

在这之后的夜里，恩东济总是看着地图入睡。被禁的旅游指南滑落到靠垫的一侧。次日早上，正是在那里，我爸爸发现了它。希尔维斯特勒的暴怒令我们从床上跳起来：

"这鬼东西是从哪儿来的？"

希尔维斯特勒并没有等待回答。他将旧地图撕碎，又将碎片再次撕碎，一直这样进行下去，仿佛要把他的手指都撕碎一样。纸质的城市、山脉、湖泊、道路掉落在地上。在我房间的地板上，地球平面图土崩瓦解。

恩东济的嘴巴半张，一动不动，仿佛被撕碎的是他的灵魂。他深吸一口气，念叨着难以理解的话。而爸爸则已经准备离开，并在离开时高喊：

"谁都不要动任何东西！扎卡里亚会把这堆垃圾打扫干净。"

不久之后，军人冲进房间，手里拿着一把扫帚。但他并没有扫。他将地上的碎纸屑一张张捡起来，将它们抛向空中，像是在占卜。纸屑在空中飘荡，落在地上，形成诡异的图案。扎卡里亚看着这些图案，一段时间之后，他叫住我：

"过来，姆万尼托，过来看看……"

军人坐在由彩色纸屑组成的星座中间。我靠近时，他用颤抖的手指指向图案：

"你看，这里是我们的访客。"

"我什么也没看见。什么访客？"

"就是将要拜访我们的人。"

"我不懂，扎卡。"

"我们在这里、在耶稣撒冷的平静生活要结束了。"

✗ ✗ ✗

第二天早上，恩东济醒来便下定决心：他要逃走，即使已经没有任何地方可去。我们父亲的最后一次侵犯迫使他做出决定。

"我要走了，逃离这里，永远。"

他手中拎着的箱子更表明了他的决定有多么不可动摇。我跑过去拉起他的手乞求：

"带上我吧，恩东济。"

"你留下。"

他就这样走了，脚步坚决地上了路。我跟在他身后，伤心至极，痛哭流涕，在眼泪和鼻涕中不断重复着：

"我和你一起走。"

"你留下，我之后会来找你。"

"别丢下我一个人，求你了，好哥哥。"

"我已经决定了。"

我们走了几个小时，无视了所有危险。当我们终于到达出口大门时，我的心狂跳起来。我浑身颤抖，心惊胆战。我们从未冒险来到如此遥远的地方，阿普罗希玛多舅舅的茅屋就在那里。我们走了进去：屋里空无一人。按照我们的观察，这里已经很久没有人居住过了。我还想查看一下四周的院落，但恩东济急着要走。自由就在那边，在几米开外的地方，他奔跑着去打开木质的大门。

大门完全打开之后，我们看到那条被无数次提起的道路，只不过是一条狭窄的小径。它如此不起眼，已经被龙爪茅和蚁巢占据。然而，在恩东济看来，这条小路就像穿越宇宙中心的辽阔大道。这条细小的丝线滋养着他对于存在着"那边"的幻想。

"总算到了！"恩东济感慨道。

带着一种别样的柔情，他用手掌触摸着地面，就像他在表演时，触碰自己创造的女人一样。我跪在地上，再次乞求：

"哥哥，别丢下我独自一人。"

"姆万尼托，你不明白。我要去的地方一个人都没有。我才是独自一人……还是说你并不信任你亲爱的父亲？"

他语调中带着讥讽：因为我是最受宠的孩子，我哥哥在进行报复。他把我向后推开，将自己关在门外。透过门板的缝隙，我看着他，眼中充满了泪水。我所看到的，并不仅仅是唯一童年伙伴的离去，也是一部分自我的剥离。对他来说，这是一次开启全新生活的庆典。于我而言，却是退回到诞生之前的状态。

56

我看到恩东济将两只胳膊摆成象征胜利的"V"字，他享受着这一刻，就像第一次飞上天空的小鸟。他前后晃动了一段时间，仿佛在悬崖峭壁上保持着平衡。他踮起脚尖旋转起舞，仿佛期待着遁入地下，而不是迈开步伐。我自问：他为什么迟迟不肯离开？于是我开始怀疑：他难道是想将这一刻变为永恒吗？还是在享受这样一种幸福，因为存在着一扇门，而他可以将门从身后关上？

但接下来发生的却是：我哥哥没能踏出那梦想的一步，反而摔倒在地，仿佛有一股看不见的力量击碎了他的膝盖。摔倒时他双手撑地，保持着这样的姿势，像一只野兽一样，在地上匍匐着打转，在尘土中用鼻腔低鸣。

我立即翻过护栏去营救他。我为他感到心疼：恩东济被束缚在土地上，眼泪不住地流下。

"王八蛋！婊子养的！"

"你怎么样了，哥哥？快起来啊，快！"

"我起不来。我起不来。"

我试着将他扶起来。但他的身体就像石头一样重。即便如此，我们依然肩并肩地行进，仿佛有一条河，而我们在逆流而上。

"我去找人帮忙！"

"找谁帮忙？"

"我去找舅舅。"

"你疯了吗？赶快回家，拿副担架来，我等着。"

恐惧扩大了原本的距离。在我脚下，每一里格[1]的长度都似乎增加了几倍。我来到营地，带上了一辆手推车。它将成为把我哥哥运送回家的担架。在整段路途中，他的腿在手推车外面晃来晃去，像死去的蜘蛛腿一样无力。精疲力竭的恩东济念叨着：

"我知道这是什么……这是巫术……"

是巫术，没错。但并不是我父亲下的诅咒。这是最可怕的咒语：是我们对自己的诅咒。

✗ ✗ ✗

在这次失败的出逃之后，我哥哥再次病倒。他在房间疗养，在床上缩成一团，用毯子盖住全身。他这样过了几天，连头也蒙在毯子下面。因为看到他浑身颤抖，就像痉挛一样，我们才知道他还活着。

他体重掉得很快，瘦得皮包骨头。我爸爸又一次感到担忧：

"所以，儿子，你到底怎么了？"

恩东济的回应十分平和，温和得令我感到吃惊：

"爸爸，我累了。"

"怎么会累了？你从早到晚，可什么都没干。"

1　里格（League）是欧洲和拉丁美洲一个古老的长度单位。1 里格约等于 3 英里，即 4.828 公里。

"无法生活才是最累人的。"

事情渐渐清晰起来：恩东济正拒绝存在。这比所有的疾病都要严重，因为他已经完全放弃了。这个下午，我爸爸长久地停留在他长子的床前。他掀起毯子，检查着儿子的身体。恩东济出了太多的汗，被单都湿得滴水。

"儿子？"

"是的，爸爸。"

"还记得我曾经让你编故事吗？那现在就编一个吧。"

"我没力气。"

"你试一下。"

"爸爸，比不会讲故事更糟的，是不知道可以讲给谁听。"

"我在听你的故事。"

"爸爸曾经是个讲故事的好手。现在是个讲得不好的故事。"

我默默地听着。恩东济的声音尽管模糊不清，却十分坚定。更重要的是，其中有一种生命尽头才有的平静。我爸爸毫无反应。他低着头，萎靡消沉，仿佛他的权威已经被剥夺。我们中的一个人正在死亡，而这一切都是他的错。老希尔维斯特勒直起身子，在房间里绕着圈子，来回踱步。直到恩东济又一次轻声低语，让人猜测他要说的话：

"姆万尼托弟弟，帮我一个忙……到后面的墙上，再画上一颗小星星。"

我上了路，感到父亲的脚步声在我身后。我走到旧餐厅的废墟处，仅在看到面前的巨大围墙时停顿了一下。这堵墙曾经失火，如今仍保留着烧焦的颜色。我拿起一块小石头，在巨大的墙壁上画了一颗星星。我听到父亲的声音从背后传来：

"这是什么东西？"

深色的墙壁上有成千上万颗星星。恩东济每天都会画上一颗，就像囚犯在监狱的墙上做记号一样。

"这是恩东济的天空，每颗星星代表一天。"

我不能确定，但我感觉父亲眼中蓄满了出人意料的水滴。是他体内的一堵堤坝破裂了，多年来成功克制的旧时悲戚喷涌而出了吗？我永远无法确定。因为，仅仅片刻之后，他便拿起一把铁锹，开始剐墙。金属薄片铲掉了发黑的墙皮，恩东济曾在那里记录着流失的光阴。做完这一切时，他全身布满了深色的墙皮。他万分疲惫地再次上路，就像一只有着黑色鳞片的爬行动物。

阿普罗希玛多舅舅

有人说：
"这里曾有玫瑰园"——
因此，那些时间
陌生地渐渐走远
仿佛光阴由耽搁组建。

索菲娅·安德雷森

八年前，当曾经的奥兰多·玛卡拉将我们送到营地时，并不相信他的妹夫，也就是未来的希尔维斯特勒·维塔里希奥，会一直践行自己的决定，永远脱离原本的生活。他也从未设想过有一天自己的名字会变成阿普罗希玛多舅舅。也许他更喜欢之前外甥们对他的称呼："教母"舅舅。当这位亲戚将我们带到猎场时，这些他都没想到。那是一个下午，阿普罗希玛多走下车，指着广袤的丛林说：

"这里是你们的新家。"

"哪儿有家？"我哥哥一边扫视着荒野一边问。

我爸爸仍然坐在车里，更正说：

"不是家。这里是我们的国度。"

开始时，舅舅甚至同我们住在一起。他在这里停留了几个星期。他曾负责监管狩猎，后来因为战争失业。那时，既然连世界都不存在了，他便可以在任何喜欢的地方消耗光阴。因此，他在同我们在一起的那段时间，总是不停地修建房屋，修理门窗和天花板，将锌板移走，清理驻地周围的草木。荒野最爱做的就是吃掉房屋、褫夺城堡。大地的巨口已经吞噬了一部分居所，墙上深深的裂缝就像疤痕。在成为废墟的房屋内部及其附近，死了几十条蛇。唯一没有得到修缮的建筑就是办公用的房子，它位于营地的中心。这个居所——我们后来将它称为"大房子"——受到了诅咒。据说最后一个管理猎场的葡萄牙人就是在那里被谋杀的。他死在那座建筑里，如今他的骨头应当依然躺在破败的家具之间。

最初的几周里，我家老头一直置身事外，对周遭的忙碌无动于衷。他只忙着做一件事：在大房子前方的小广场上，建造一个巨大的耶稣受难像。

"是为了防止再有人进来。"

"但你不是说我们是最后的人了吗？"

"我说的并非活人。"

将牌子放在十字架上之后，我家老头马上将所有人召集起来，如神父般主持了我们的再命名礼。从那时起，奥兰多·玛卡拉不再是我们的"教母"舅舅。新的名称表明，他并非朵尔达尔玛的亲生兄弟，而是像希尔维斯特勒说的那样，是远了一层的妻舅。他出生时便被收养，一生都只是个陌生人与外来者。阿普罗希玛多可以同亲戚说话，但却永远无法与家族的祖先交谈。

最初的几周结束之后，我们的好舅舅便搬到远处，说是要住在猎场入口的门房。我一直怀疑那里并不是他真正的居所。恩东济失败的出走证实了这一点：阿普罗希玛多的栖身之所应该在更远的地方，在僵死的城市中。我猜测他在废墟与灰烬间贪婪地掠食。

"并非如此。"恩东济反驳说："舅舅确实住在道路入口处的茅屋里。他在那里，按照父亲的指令监视道路。"

他的任务如下：帮他的妹夫——也就是杀死我们妈妈的凶手——保持与世隔绝的状态。阿普罗希玛多将武器对准外面，说不定已经杀死了几个追踪希尔维斯特勒的警官。这也就是为什么，我们会时不时地听到远处的枪声。这些枪声并不仅仅来自军人扎卡里亚，他确实会猎杀动物当作我们的晚餐。还有其他枪声，有着其他目的。扎卡里亚·卡拉什是第二个监狱守卫。

"他们都是共犯，这两个人是三人组的成员。"恩东济很笃定，"是血液将他们连在一起的，这话没错，但是别人的血。"

不管他住在哪里，事实就是，阿普罗希玛多只有在为我们供应物资、衣服、药品时才会来探望我们。然而，却有一个禁止进口的清单，里面包括书籍、报纸、杂志与照片。这些应该都是旧的出版物，没有任何时效性。但即使过时了，它们依然遭到禁止。由于缺乏关于"那边"的图像，我们的想象便来源于阿普罗希玛多瞒着爸爸给我们讲的故事。

"舅舅，快给我们讲讲，世界现在怎么样了？"

"已经没有任何世界了，小外甥。你们的爸爸不是已经重复了无数遍了？"

"讲讲吧，舅舅……"

"你知道的，恩东济，你也在那儿生活过。"

"我已经离开那里太久了！"

这种对话令我生厌。我不喜欢他们这般提醒：我哥哥曾经在另一边生活过，他曾经见过妈妈，他知道女人的样子。

✗ ✗ ✗

阿普罗希玛多并没有向我们谈起世界，只是讲述了许多故事。而这些故事，在他没有意识到的情况下，为我们带来了不止一个世界，而是许多世界。对于舅舅来说，能够有人关注他，就是对他的回报。

"我总是很惊讶居然有人愿意听我讲话。"

他讲话时总是走来走去，也只有那时我们才会注意到，他有一条腿更加短小也更加纤细。我们的这位访客像是梅花侍从[1]，请

1　扑克牌中的梅花 J。

原谅我这么说。不知是因为制作错误还是太过焦急，并没有留下空间绘制他的腿和脖子。他显得如此之胖，似乎连脚都没了脚尖。浑圆的身体让人觉得他站着就像跪着一样高。他很害羞，总是毕恭毕敬地弯着腰，仿佛无论走到哪里，都有一扇过于矮小的门。阿普罗希玛多讲话时也依然保持着这种谦卑的姿态，似乎他永远在犯错，似乎他的存在本身就是泄密。

"舅舅，跟我们讲讲我们的妈妈吧。"

"你们的妈妈？"

"对，拜托了，跟我们讲讲她是怎样的人。"

诱惑如此巨大。阿普罗希玛多又重新恢复成了奥兰多，渴望在非亲生妹妹的回忆中徜徉。他朝四周观望了一番，探查着希尔维斯特勒的位置。

"老希尔维斯特勒在哪儿呢？"

"他去河边了，我们可以讲了。"

阿普罗希玛多的话语倾泻而出，毫无保留。朵尔达尔玛，愿上帝保佑她的灵魂，是世间最美的女人。她的肤色并不像他这样深，而是继承了她的父亲，一位来自穆查塔济纳[1]的混血儿。我们的爸爸认识了朵尔达尔玛，然后便深陷其中。

"你觉得我们的爸爸可能不思念她吗？"

"这个，谁知道什么是思念呢？"

1　Muchatazina，莫桑比克第二大城市贝拉的一个街区。

"他到底思念不思念?"

"思念是期待着面粉重新变回小麦。"

他接着对思念的定义展开了长篇大论。一切都是名称,他说。仅仅是名称。倘若我们看看蝴蝶的例子:它真的需要翅膀翩飞吗?还是我们为它取的名字本身是翅膀的扇动?阿普罗希玛多就这样精雕细琢地捏造着答案。

"舅舅,够了,你跟我们说说。比如,你告诉我们,希尔维斯特勒和朵尔达尔玛,他们相爱吗?"

刚开始时,他们就像蜡烛与风、丝巾与脖颈。我得说,有时候,他们也会有点小摩擦。希尔维斯特勒,谁都知道他是怎样的人:就像罗盘的指针一样固执。渐渐地,朵尔达尔玛将自己封闭在她一个人的世界里,像荒野里的石头一样沉默悲伤。

"那妈妈是怎样过世的?"

没有回答。阿普罗希玛多言辞闪烁:他那个时候并不在城里。他到家时悲剧已经发生。在接受吊唁之后,我爸爸对他说:

"鳏夫是人们对死者的另一种称呼。我将挑选一块墓地,一块私人的、我自己的墓地,我要把自己埋葬在那里。"

"别这么说。你打算到哪儿生活?"

"我不知道,已经没有其他地方了。"

城市瓦解了,神庙炸毁了,未来埋葬了。朵尔达尔玛的非血亲兄弟依然试图让他恢复理智:一旦离开自己的位置,就再也不可能回归自我了。

"大舅哥，你没有孩子。你不懂将孩子送给这个腐化的世界意味着什么。"

"但是，希尔维斯特勒兄弟，你就不抱任何希望了吗？"

"希望？我失去的是信任。"

失去希望的人会逃走。失去信任的人会躲起来。而他这两样都想要：逃走并且躲起来。但我们永远不应该怀疑他，不应觉得希尔维斯特勒残忍冷酷。

"你们的爸爸是个善良的人。他的善良是那种找不到上帝的天使的善良。只是这样。"

他一生只有一项职责：成为父亲。而所有的好父亲都面临着同样的诱惑：将儿子留给自己，让他们与世隔绝，远离时间。

✗ ✗ ✗

有一次，阿普罗希玛多舅舅一大早就来了，违反了只有傍晚才能到达耶稣撒冷的指示。通常情况下，舅舅的步伐会错，仿佛他的两条腿遵循着另外两个意志。

"我跛行并非是有缺陷，而是出于谨慎。"他说。

而这一次，他忘记了谨慎。匆忙成为他身体唯一的指挥。

我爸爸忙着修葺我们的屋顶。他站在梯子上，而我扶着梯子。舅舅风一般地走到附近，大声喊道：

"我的妹夫，快下来。我有新消息。"

"早就没有什么新消息了。"

"我请你下来，希尔维斯特勒·维塔里希奥。"

"到该下来的时候我就下来。"

"总统死了！[1]"

在梯子上方，所有动作都停止了。然而仅仅持续了几秒钟。片刻之后，我感到梯子在晃动：我家老头正在下来。在地上站稳之后，他靠在墙上，漫不经心地擦着脸上的汗水。我舅舅走近他：

"你听到我说的话了吗？"

"听到了。"

"是一场意外。"

希尔维斯特勒自顾自地继续擦拭脸上的汗水。他将手掌放在额头上，盯着他原先站着的高处。

"希望里面别再漏雨了。"他边说边将擦脸毛巾小心地叠好。

"你听到我说的了吗？总统死了！"

"他早就死了。"

他说完就进了屋。阿普罗希玛多舅舅踢着门前的石头。愤怒不过是哭泣的另一种形式。我离得远远的，假装在整理工具。对于强忍不哭的男人，谁都不应该靠近。

于是，阿普罗希玛多临时做出决定。他到储藏室将扎卡里亚

1　指莫桑比克首任总统马谢尔（Samora Moisés Machel），他 1986 年因空难去世，许多人怀疑事故背后有阴谋但至今尚未证实。

叫了出来。两人在茅屋门前低声交谈。消息令这位退伍军人难以自持。没过多久，他就疯狂地拿起步枪，威胁地朝天空挥舞。他穿过我们房前的小广场，不断高喊：

"他们把他杀了！一群混蛋，他们把他杀了！"

接着，他转头走向河流的方向，喊声也慢慢减弱，直到又能听到知了的叫声。一切都似乎安静下来，这时我爸爸突然打开自己的房门，向大舅哥发问：

"看看你干了什么？谁让你跟他说这个消息的？"

"我想跟谁说就跟谁说。"

"那你就别再跟任何耶稣撒冷的人说话了。"

"耶稣撒冷根本不存在。在任何地图上都不存在，只存在于你的疯狂中。没有希尔维斯特勒，没有阿普罗希玛多，没有恩东济，也没有……"

"闭嘴！"

希尔维斯特勒的双手拽着阿普罗希玛多的衬衫。我们担心会发生更糟糕的事情。但是老维塔里希奥并没有将他的愤怒诉诸身体，而是做出了粗暴的裁决：

"快走吧，你这个瘸子！再也别到这儿来了，我不需要你给我送货。"

"我把我的货车开走，再也不会回来了。"

"还有，我不希望有车从这里经过，把土地划得都是伤口。"

阿普罗希玛多从口袋里拿出一串钥匙，慢吞吞地找出用来开

车的那一把。这种迟缓是他自尊的回应。他当然会走，但要自己
选择时间。我和恩东济赶忙跑过去，试图说服他：

"舅舅，别走，求你了！"

"你们听过一句谚语吗？想要装扮成狼的人，最终会失去自
己的皮。"

我们并不懂这句箴言的意义，但明白怎样也留不住他了。坐
上车之后，舅舅用手绢擦了擦额头，仿佛是想擦掉头皮，再增添
点秃顶的程度。货车的噪音抑制了我们的道别。

*　*　*

那之后的几周就像厚重的油脂一样倾泻在我们身上。没过多
久，我们的食物就告急了。每天晚上，扎卡里亚都会将煮好的肉
带回来，我们几乎完全以此过活。除了不能食用的龙爪茅之外，
菜园很少出产其他东西。不知名的野果救了我们的命。

在这期间，恩东济忙着绘制一张新的地图，而我每天下午都
待在河边，仿佛水流能够为我医治一道看不见的伤痕。

但是某天我们却听到了期待已久的机动车声。阿普罗希玛多
回来了。他排场十足地将车停在小广场上，掀起了一团尘土。他
并没有问候我们，而是围着车绕了一圈，打开了车厢的门。他开
始卸下木箱、板条箱与袋子。扎卡里亚起身准备帮忙，但希尔维
斯特勒严厉的声音令他停下来。

"你给我坐着。这些跟咱们没关系。"

在没有其他人帮忙的情况下，阿普罗希玛多卸光了车里的货物。最后，他坐在一个箱子上，疲惫地喘着气：

"我把这些都带来了。"

"你可以带走，"我爸爸呛声说，"没人向你要任何东西。"

"这些都不是给你的。全是给孩子的。"

"你把这些都带回去。而你，扎卡里亚·卡拉什，帮他把这些垃圾搬到车上去。"

帮手开始抱住一个箱子，但还没有将它搬起。我们的舅舅突然发声，做出相反的指令：

"放那儿别动，扎卡！"他转向我家老头恳求道，"希尔维斯特勒……希尔维斯特勒，你听我说，拜托，我有重要消息要通知你……"

"又死了一个总统吗？"

"我是认真的。我发现大门附近有动静。"

"动静？"

"有另一边的人。"

我们期待着爸爸断然否认这一点。但他却陷入沉默，震惊于亲戚这番言论的紧迫性。令我们感到惊讶的是，希尔维斯特勒竟然指着空椅子说：

"坐下吧，但别兜圈子。我有很多事要做。快说！"

"我觉得是时候了。已经够了！让我们回去吧，玛丢斯·文图拉，孩子们……"

"这里没有玛丢斯。"

"离开这里吧，希尔维斯特勒。不只是小家伙，连我也受不了了。"

"你受不了就走。你们都可以走，我留下。"

沉默。我爸爸望着天空，像是在寻找未来道路的指引。之后，他的目光长久地留在扎卡里亚·卡拉什身上。

"你呢?"我爸爸问。

"我?"

"对，你，扎卡里亚·卡拉什，我的老伙计。你想留下还是想走?"

"你怎么做，我就怎么做。"

扎卡里亚说完这句话，就没什么要说的了。脚跟轻微的撞击声传来，扎卡里亚起身离开。阿普罗希玛多将自己的座位拉到希尔维斯特勒旁边，用柔和的声音继续交谈。

"我需要弄清楚，妹夫，你为什么一定要留在这里? 是因为教堂的问题吗?"

"教堂?"

"对，告诉我，我需要弄清楚。"

"对我来说，早就没有什么教堂了。"

"别这么说……"

"我说了，还要再说。如果我们已经失去了对人的信任，相信上帝还有什么用呢?"

"是因为政治问题吗?"

"政治?政治已死,杀死它的是那群政客。现在,剩下的只有战争。"

"这样我们就没法谈下去了。你一直在绕圈子,玩文字游戏。"

"所以我才要说,你走吧。"

"想想你的儿子。尤其想想病重的恩东济。"

"恩东济已经好点了,他不需要你的谎言也能过好……"

"这里,这狗日的耶稣撒冷才是弥天大谎。"阿普罗希玛多用吼声表明,这场谈话到此为止。

这位访客离开时,跛行得比平时更为严重,好像同时在朝两边倒去。绝望仿佛使他的先天缺陷变得更为明显。

"瘸得远远的吧,你这个怪物。"

希尔维斯特勒深吸了口气,感到释然。他特别想骂人。他确实常常粗暴地对待扎卡里亚,但扎卡里亚是个小人物。骂一个小人物有什么意思呢?

军人扎卡里亚·卡拉什

[……]
很久之前已经历过这些事情：
在空气中有消散的空间
形式刻画在这里曾有过的
声音与手势的虚无中。
而我的手无法抓住任何东西。

索菲娅·安德雷森

"会弹出来的，我现在就展示给你们看。"

扎卡里亚热忱的手指挤压着腿上与骨骼连接处的肌肉。突然，几个金属碎片从肉里弹出，散落在地上。

"是子弹。"扎卡里亚·卡拉什骄傲地宣称。

他一片接一片地将它们举在指尖上，讲解着子弹的口径与射击时的情形。这四颗子弹的来源各有不同。

"小腿上的这颗，是我在殖民战争中获得的。大腿上的这颗，

来自与伊恩·史密斯[1]的战争。这颗，在胳膊上的，就是现在这场
战争……"

"那另一颗呢？"

"哪儿的另一颗？"

"肩膀上的这颗？"

"这颗我已经不记得了。"

"骗人，扎卡里亚。告诉我们吧。"

"我说真的。其他几颗我也不是总能记得。"

他用衬衫袖子将那些弹片擦干净，把它们重新按回肉里，就
像用手指将活塞推进针管。

"知道为什么我从不跟我的子弹分开吗？"

我们知道，但却装作第一次听说，就像我们对待他自己发明
并常常念诵的那句谚语一样：如果想认识一个男人，就看看他的
伤疤。

"它们是我肚脐的背面。这里，"他指着那些洞孔，"这里是死
亡的出口。"

"别管这些子弹了，扎卡，我们想了解些其他东西。"

"什么其他东西？我只有野兽的智慧：能够预感到死亡与
鲜血。"

---

1 伊恩·史密斯（Ian Smith），津巴布韦及罗德西亚政治家，1965 年至 1979
年任罗德西亚总理，期间实行种族隔离与白人管治政策。

✗ ✗ ✗

我哥哥康复之后，希尔维斯特勒·维塔里希奥相信耶稣撒冷将迎来巨变。他于是决定，让我和恩东济去跟扎卡里亚·卡拉什住一段时间，目的是在扫除我们精神阴霾的同时，让我们学习生活的谜题与生存的奥秘。如果扎卡里亚不在我们身边，我们就要能够在维系生计的狩猎中取代他。

"让他们在泥里打打滚。"我家老头命令道。

按照计划，我们应当走遍荒野的小径，开始学习追踪野兽的技艺，掌握树木的秘密语言。但扎卡里亚却拒绝成为我们的老师。他想做的是讲述狩猎的故事，自顾自地说话，倾听自己的声音，以免听到自身的鬼魂。不过，我们抱怨这种交谈却是出于其他原因。

"跟我们说说我们的过去。"

"我的人生就像鼹鼠的家：四个洞，四个灵魂。你们想谈什么？"

"谈谈我们的妈妈，还有她和爸爸的爱情。"

"这不行，永远不行。"

在我们看来，扎卡里亚有些反应过度。他吼叫着，双手交叉在胸前，不断地重复：

"这不行。"

他是士兵的孙子，军官的儿子，他除了军人的身份之外，什么也不是。他从未经历过心灵的诡计、爱情与相思。人类是垂死的动物，尽管热爱生命，却更喜欢让别人活不下去。

"你仍然觉得自己是一名军人。扎卡，说实话，你还想念军营吗？"

这个男人爱抚着他一直穿着的军装外套，手指困倦地停留在猎枪上。之后他才开口：造就军人的不是军装，而是誓言。他并非那种因为畏惧生命才参军入伍的人。按他的话说，参军就是顺应潮流。在他的母语中甚至没有士兵这个词。他们叫作"Massodja"，是从英语借用来的[1]。

"我从未有过信念，我的旗帜一直都是我自己。"

"但是，扎卡，你不记得我们的妈妈吗？"

"我不喜欢追溯过去。我记忆的射程很短。"

厄尔内斯提尼奥·索布拉，现在更名为扎卡里亚·卡拉什，曾穿过枪弹与死亡。他逃离了子弹，也逃离了所有回忆。记忆从他身上的伤洞逃了出去。

"我记忆力一向不好，生下来就是这样。"

阿普罗希玛多舅舅揭示了遗忘的秘密：为什么扎卡里亚记不得任何一场战争？因为他总是为错误的一方战斗。他的家族一直

1　接近英语表示士兵的词"soldier"的发音。

这样：爷爷对抗贡古雅纳[1]，父亲加入了殖民警察，而他自己则在民族解放战争中为葡萄牙人作战。

在我们的亲戚访客阿普罗希玛多舅舅看来，这种健忘症只应该遭受鄙视。一个不记得战争的军人就像一个自称处女的娼妓。阿普罗希玛多就这样直言不讳地说，当着扎卡里亚的面。但军人却置若罔闻，从来不曾反驳。带着天使般的微笑，他会将谈话引向令他感到自在的空洞话题：

"有时我会问，这个世界上到底有多少颗子弹呢？"

"扎卡，没人想知道这个……"

"在战场上，子弹会不会比人还多？"

"这我不知道，"恩东济说，"现在肯定是了，只要六颗子弹就能消灭人类。你有六颗子弹吗？"

扎卡里亚微笑着指着箱子，里面装满了弹药，足够将人类消灭好几遍。所有人都笑了，除了我。因为在战争回忆与遗忘之间生活的感觉让我感到沉重。火药是我们天性的一部分，正如健忘军人断言的那样：

"有一天，我会播种我的弹药。将它们种在那儿……"

"扎卡，你为什么离开城市？为什么跟我们一起来这儿？"

"我在那儿干什么呢？在虚空中挖洞罢了。"

---

1 贡古雅纳（Gungunhana，1850—1906）是莫桑比克南部加沙帝国的最后一任皇帝。

他边说边吐了口痰。他为缺乏教养道歉。他是一个改过自新的好人。吐痰只是为了不尝到自己的味道。

"我是我自己的毒药。"

入夜之后，舌头伸出来，就像蛇。醒来之后，口中有毒药的味道，仿佛被魔鬼亲了一口。这一切是因为，士兵的睡眠就是死者缓慢的游行。他醒来时的状态就如同他的生活：他孤独到与自己说话，只是为了不忘记人类的语言。

"但是，扎卡里亚，你就不想念城市吗？"

"不想。"

"也不会想任何人吗？"

"我一直生活在战争中。在这儿我才第一次感到安宁……"

他不会返回城市。就像他说的，他不想在下令与听令之间生活。我们应当看看他在耶稣撒冷的做法：他睡觉时就像非洲野鸡。因为害怕地上危险而睡在树上；又因为害怕掉下来，而睡在最低的树枝上。

✗ ✗ ✗

扎卡里亚·卡拉什回忆不起战争，但战争却记得他，并用重新编辑的旧创来折磨他。每当打雷时，他就跑到旷野处，疯狂地大叫：

"婊子养的，婊子养的！"

四周的野兽纷纷发出吼声，甚至连泽斯贝拉都绝望地嘶鸣。

它们并非因为暴风雨吼叫，而是被扎卡里亚的愤怒打扰到了。

"他之所以这样，是因为雷声。"希尔维斯特勒解释说。震撼他的正是这点：对爆炸的记忆。云层中的轰鸣声不是噪音，而是重新打开的伤口。我们忘记了弹药，却无法忘记战争。

✗ ✗ ✗

我爸爸让我们到储藏室生活，这其中真正的原因，在我看来，与恩东济有关，需要让他转移一下注意力。天然的等级划分给了恩东济一支猎枪，而我只有一把简易弹弓。扎卡里亚教我利用卡车旧轮胎上有弹力的部分，制作出足以致命的武器。石头"咻"地一声弹出，瞬间击中一只飞鸟，使它因自身重力掉落下来。这是我用以捕猎的石头。

"你杀，你吃。"

这是扎卡的命令。然而，我自问：一只毛色如此艳丽、叫声如此动听的小鸟，真的可以成为我们的盘中餐吗？

"我唯一能教给你和恩东济的，就是不要射失。幸福是一个瞄准问题。"

"你在杀戮时，不会心生同情吗？"

"我不杀戮，我狩猎。"

野兽，他说，是我的兄弟。

"今天我是捕食者，明天他们会把我吃了。"他论证道。

瞄准目标并非一种技能，而是一种仁慈。说到底，你的瞄准是一种自杀：每当你杀死一头野兽，真正射中的都是你自己。这天早上，扎卡里亚需要再一次向自己开枪：我爸爸要求我们带回猎物作为晚餐。

"阿普罗希玛多舅舅快到了，我们要装满盘子和酒杯来迎接他。"

这就是我们钻入树丛追踪高角羚的原因，这种羚羊会像狗一样吠叫撕咬。军人走在前面，用双手向我们传达指令。扎卡里亚会时不时停下来，跪在地上。之后他会挖一个洞，蜷伏在那里对着洞口说话，轻声讲述难以分辨的秘密话语：

"大地会告诉我那些蹄甲动物在哪里。"

沿着只有扎卡里亚才能发现的小路，我们再度出发。临近正午，炎热迫使我们来到阴凉处。恩东济完全瘫倒在地，以此来报复那令人困倦的疲惫。

"在一个这样的日子里把我叫醒。"他请求。

出乎我的意料：军人站起来，将他的外套叠成枕头，以便恩东济睡得更加舒服。我从未想象过在耶稣撒冷能有这种关照。扎卡里亚回到非洲豆木的树荫处，缓缓地卷起一支烟，仿佛卷烟比吸烟更有滋味。他渐渐卷好了烟管，将欣赏的目光投向树冠。

"这棵树与大地很搭。"他说。

弹弓在他手中沉睡着，但却关注着树荫的晃动。鸟儿总是匆匆而过。猎人从不会全心休憩。灵魂的一部分，那属于猫科动物的一半，总是时刻潜伏着。

"你从来都是猎人，对吗?"

"为什么? 只因为这个弹弓吗? 哎，这只是为了感觉像个孩子。"

他似乎在睡意面前动摇了，一阵疲惫袭来，他连眼睛都懒得动一下。酷热如此极端，连拥有身体都变得难以忍受。

"你从未有过女人吗，扎卡?"

"我的生活一向飘忽辗转，灵魂也没有定性。在这个世界上，我的孩子，只有残暴的人才有位置。"

要知道，这名军人从未有过女人或者儿子。卡拉什解释说: 有些人像木柴，适合待在一起; 另一些人像鸡蛋，总是一打一打的。而他不是。他跟高角羚一样，总是独来独往。这是战争留下的习惯。无论军队多么庞大，士兵永远独自一人。他们集体死亡，比被埋在同一个坟墓中更甚: 他们会被埋在同一具尸体中。然而，他们唯一的生存方式只有孤独。

✗ ✗ ✗

在非洲豆木的树荫下，似乎我们每个人都陷入了沉睡。但是军人却仿佛被他体内的弹簧推动，突然站起身来。他用武器瞄准，子弹如往常一样划破沉寂。丛林中发出嘈杂的声响，我们冲了出去，跑步奔向被击中的羚羊。但是羚羊却并不在它该在的地方。它在草木中逃脱了。在地上，一道血迹暴露了它的行踪。那一刻，我们见证了卡拉什突然的变化。他面色苍白，晕头转向，为了防止摔倒，他坐在一块石头上。

"你们去追。"

"只有我们自己吗？"

"带上猎枪。你，恩东济，你来射击。"

"你不和我们一起吗，扎卡里亚？"

"我做不到。"

"你病了吗？"

"我从未做到过。"

身经百战的军人，经验十足的猎手，竟然会在最后开枪时犹豫吗？扎卡里亚于是向我们解释，他没有能力面对猎物的鲜血与垂死挣扎。要么射击精准无比，一击毙命，要么满心悔恨地放弃。

"血会让我变得像娘们一样，别告诉你们的爸爸。"

恩东济带上猎枪，不久之后，我们便听到枪声。他很快便拖着羚羊回来了。从那天起，恩东济便迷上了火药的滋味。他天不亮就起床，走进丛林，快乐得像失去肋骨之前的亚当。

✗ ✗ ✗

当恩东济再次学着成为猎人时，我却更倾向于做一个牧人。一大早，我就牵着山羊前去放牧。

"对于山羊来说，所有的土地都是道路。而所有的地面都是牧场。没有比它更聪明的动物了。"扎卡评价说。

山羊的智慧是模仿石头生存。有一次，在我帮忙把羊群赶进羊圈时，扎卡里亚承认：没错，确实有个回忆不断地来拜访他。回忆是这样的：在殖民战争期间，有一次，他看到军营里来了一个受伤的士兵。现在他知道了：士兵永远受着伤。战争甚至会伤到那些从未投身战役的人。当时这名士兵不过是个孩子，而这个小战士受到如下折磨：每当他咳嗽，都会从嘴里吐出大量子弹。这种咳嗽会传染：必须远离。扎卡里亚并不只是想离开军营。他想从一切战争的时代中移居出去。

"幸好世界已经终结了。现在我只接受丛林的指令。"

"还有爸爸的?"

"我无意冒犯，但你们爸爸是丛林的一部分。"

我行在与扎卡相反的道路上：有一天我会变成野兽。我们如此远离人类，怎么可能还是人呢？这是我的疑问。

"别这么想。在城市里我们才会变成野兽。"

那一刻，我无法判定军人的话有多么正确。但今天我明白了：世界越不适宜居住，就会有越多的人。

✗ ✗ ✗

很早以前我就放弃理解扎卡里亚·卡拉什了。疑问首先在于他之前的名字，厄尔内斯提尼奥·索布拉[1]。为什么是索布拉？原因说来很简单：因为他是人类的剩余、解剖的残留、灵魂的悬置。我们知道这一点，但从来不说：扎卡里亚因为矿井爆炸而变得渺小。工地爆炸了，士兵索布拉飞了起来，像是对鸟类的拙劣模仿。人们发现他时，他在哭，连走路都不会了。他还在身上徒劳地寻找受伤的地方。爆炸损害了他灵魂的完整。

但对扎卡里亚人性的怀疑还要更进一步。比如说，在没有月光的夜里，他总会将猎枪指向天空，像是在鸣枪致意。

"我在干什么？我正在制作星星。"

星星，按照他的说法，是天上的孔洞。数不清的星球也一样，不过是他在深色的苍穹上，用子弹开的孔罢了。

在星星最明亮的某些夜晚，扎卡里亚将我们叫出来观赏天空的景致。我们睡眼蒙眬地抱怨：

"我们已经看腻了……"

"你们不明白。不是为了让你们看。而是为了让它们被看到。"

"所以你才睡在屋外吗？"

"这另有原因。"

"但是难道不危险吗，这样露天睡觉？"

"我已经当过野兽。现在还在学习做人。"

我们并不理解耶稣撒冷，卡拉什说。

---

1 索布拉的葡语原文是"Sobra"，意为剩下的、多余的。

"这里的事物，是人。"他解释。

我们在抱怨自己离群索居？但是，我们周围的一切都是人，穿着石头、树木、野兽外衣的人类。甚至包括河流。

"你，姆万尼托，要像我一样，当路过那些事物时，向他们问好。这样你就能平静了。这样就能在任何地方露宿了。"

如果我开始向丛林与岩石致意，那些对夜晚的恐惧就能消散。我从未验证过扎卡里亚·卡拉什的处方是否有效，这也是因为，在某一刻，他消失了。

✗ ✗ ✗

这发生在阿普罗希玛多舅舅突然出现之后。傍晚时分，我们听到储藏室附近的脚步声。扎卡里亚趴在地上，备好武器，准备射击。军人在我哥哥耳边低语：

"这是一只受伤的野兽，腿脚不便，你来射击，恩东济。"

然后我们便在灌木丛后，听到了亲戚极易辨识的声音：

"去你妈的射击！冷静点，是我……"

"我没听到卡车声。"他说。

"坏在路上了。这段路我是走过来的。"

阿普罗希玛多问了好，坐下来，神情凝重地喝着水，过了段时间才说：

"我从那边来。"

"带东西了吗?"我好奇地问。

"带了。但我并非因此而来。我来这儿是为了说一件事。"

"什么事,舅舅?"

"战争[1]结束了。"

他将水壶灌满,返回营地。我们听着卡车的声音在远方消失。沉寂又回来了,扎卡里亚命令恩东济将武器还回去。我哥哥强烈拒绝:

"是爸爸让我练习的……"

"你爸爸掌管世界,而我掌管武器。"

卡拉什的声音变了,词语仿佛摩擦着他的喉咙。他将武器放进储藏室,关上门,把一切都锁了起来。我们还看到他走到井口,探进身子,像是要投身到深渊之中。这样的姿势持续了半个小时。之后,他直起身子,带着忧虑的神情,只对我们说:

"你们回营地去吧,我走了……"

"去哪儿?"

他没有回答。我们还能听到军人双脚踩在枯叶上的声音。

✗ ✗ ✗

扎卡里亚离开了,一连几天,没有人见过他。我们又搬回了

1　指 1977 到 1992 年间,在执政方莫桑比克解放阵线(FRELIMO)和莫桑比克全国抵抗阵线(RENAMO)之间发生的内战。

自己的房间，感觉在那里的每时每刻，都是一场等待。既没有阿普罗希玛多的影子，也没有军人的踪迹。甚至连远处零星的枪声都没听到过。

有一次，在我把烟草拿给泽斯贝拉时，突然撞见扎卡里亚躺在圈棚里，满脸胡须，身上的味道比牲畜还大。

"你过得好吗，扎卡里亚？"

"我走得毫无理由，回来得一无所有。"

"爸爸想知道，你这么长时间不肯见人，是在忙些什么？"

"我在建造一个姑娘。要花很长时间，因为是个外国人。"

"预计什么时候完成？"

"已经做好了，就差一个名字了。现在，你走吧，我不想任何人住在这里。"

"他这么说吗？"我回到营地之后，我爸爸问。希尔维斯特勒要我复述此前和军人的对话，一字一句地复述。我家老头额头上的皱纹更深了。我们都在怀疑扎卡里亚拥有隐藏的力量。比如说，我们知道他捕鱼时既不用钓线也不用渔网。他凭借基督的技艺，走入河中，到齐腰深的位置。之后，他不断行走，将双臂放入水中几秒钟，便能捞出许多活蹦乱跳的鱼。

"我的身体就是我的渔网。"他说。

第二天，扎卡里亚回到岗位，已经穿上制服，回归正常。我爸爸什么也没问他。耶稣撒冷的日常似乎也恢复了：军人每天凌晨出发，背着猎枪。偶尔能听到几声远处的枪响。我家老头安抚我们：

　　"是扎卡里亚在发泄他的疯狂。"

　　不久之后，帮手便出现在地平线上，带着一只已经分割过的动物。然而，有时枪声响起，扎卡里亚却正在我们身边。

　　"现在是谁在开枪呢，爸爸？"

　　"这些是古老的回声。"

　　"解释一下吧，爸爸。"

　　"这些并非现在发生的，而是已经结束的战争的回声。"

　　"你错了，尊敬的希尔维斯特勒。"扎卡里亚断言道。

　　"怎么错了？"

　　"没有任何一场战争会结束，永远不会。"

母骡泽斯贝拉

痛苦，因为是我而不是另一个女人。
痛苦，因为不是，亲爱的，不是那个
专注而又美丽的女人
她为你生下许多女儿，以处子之身结婚
并在夜里做好准备，猜测着爱的内容。

痛苦，因为不是那座巨大的岛屿
它能将你留住，却不使你恼怒。
（夜晚就像靠近的猛兽。）

痛苦，因为是大地中间的水流
并有着流动变形的面容。
它突然变得静止与多重

不知是要离去，还是等待着你。
痛苦，因为爱你，如果能使你感动。
自身为水，亲爱的，却想成为大地。

希尔达·希尔斯特

耶
稣
撒
冷

在结束之前，我要向你们介绍人类中的最后一个角色：我们亲爱的母骡，名叫泽斯贝拉。母骡与我同岁，对其物种而言，已经很大年纪了。但是，就像我爸爸说的那样，母骡正当花季。她优雅的秘诀在于咀嚼的烟叶。这种美味是向阿普罗希玛多舅舅订购的，由扎卡里亚和母骡分享。每天傍晚，我们中的一个会给它带去整片的叶子，母骡一看到就很开心，会欢快地小跑过来接收叶片。恩东济曾议论过，说看它粗糙嘴唇中的精细动作有多么好玩。

"粗糙？谁说它的嘴唇粗糙？"

为泽斯贝拉辩解的是我家老头。相较于烟草来说，希尔维斯特勒对母骡倾注的爱更能解释它身上的光芒。在对动物的喜爱中，从未有人见过如此的尊重。恋爱总是发生在周日。需要说明的是，只有我爸爸知道每天是周几。有时候会有连续两个周日，这与他的需求状态有关。因为在每周的最后一天，一切都确定无疑且众所周知：希尔维斯特勒手拿一束鲜花，系上红色领带，脚步庄严地迈向牲畜棚。男人的这番游行，是为了完成被他称为"无极无终的终极目的"。在离牲畜棚还有一段距离时，我家老头会恭敬地通报：

"可以吗？"

母骡向后退去，满是睫毛的目光中含义不明。我爸爸静候着，双手交叉在腹部，等待着一个讯号。我们从不知道，到底是怎样的讯号。真相是，到了特定时刻，希尔维斯特勒会表达他的谢意：

"非常感谢，泽斯贝拉，我带了这些妖娆的鲜花……"

我们甚至能看到母骡咀嚼这束花。之后，我爸爸便消失在牲畜棚的内部。余下的事，我们一无所知。

ɤ ɤ ɤ

有一个周日，事情进展得并不顺利。希尔维斯特勒满腔怒火地从恋爱之旅中回来。他的脚尖带着怒气，嘴里骂骂咧咧，低着头不断重复：

"这种事情从没在我身上发生过，没有，没有！从来没有！"

他在屋里绕着圈子，踢着不多的家具。一种囚犯般无力的愤怒令他声音颤抖：

"这是母羊的诅咒！"

我们差点按照字面意义来理解：母羊，根据接近程度，应该是指泽斯贝拉。但并非如此。母羊是指死去的女人。我们的妈妈。我曾经的妈妈。维塔里希奥的男性困境是由朵尔达尔玛太太的巫术引发的。

瘫在阳台的椅子上，我爸爸要我进行调试寂静的工作。临近傍晚，阴影迅速掌控了世界。希尔维斯特勒就像其中的一片阴影，敏捷地停驻下来。但是他很快便站起身来，出人意料地下令：

"跟我到牲畜棚去！"

"我们要做什么？"

"是我要做，"他更正道，"我要向泽斯贝拉道歉。为了让它——这个小可怜——不要悲伤，不要以为是它的错。"

我留在畜棚的入口处，看我爸爸抱住母骡的脖子，之后，周围的黑暗将我包裹起来。一种体内的炙热让我无法观看。对泽斯贝拉的妒意灼烧着我。当我们回去时，一点火星照亮了荒原，巨大的爆炸声震聋了我们的耳朵。十一月的雨下了起来。不多会儿，扎卡里亚便出来咒骂诸神。

那天晚上，我爸爸派我们守卫牲畜棚。那扎卡里亚呢？我们问，为什么不将这项任务交给合适的人呢？

"打雷时，这家伙一点用也没有。你们去吧，带上油灯。"

泽斯贝拉非常激动，一边嘶鸣一边撂着蹶子。而这并非因为扎卡里亚的谩骂，后者当时正沉默地待在自己的茅草屋里。此事另有原因，而我们的使命就是让它平静下来。在滚滚雷声之后，我和恩东济，我们走了出去。母骡用一种人类的目光盯着我，耳朵因恐惧而耷拉下来。在它温和的眼睛中有一种闪烁的光芒，仿佛它的灵魂正在打闪。

恩东济坐下来，睡意渐浓，而我则安抚这头母畜。它渐渐平静下来，将一侧贴在我的身体上，寻求着恢复力量的支持。我听到我哥哥话中的恶意：

"看它骚的，媚态十足，姆万尼托。"

"才不是呢，恩东济。"

"快，骑到它上面去。"

"我没听到。"

"你听得很清楚。去吧，把裤子解开，母骡正渴望被骑呢。"

"哎，哥哥，泽斯贝拉只是害怕罢了。"

"害怕的是你。你去，姆万尼托，把裤子脱了，你一点都不像希尔维斯特勒·维塔里希奥的儿子。"

恩东济走过来，推着我，迫使我靠在母骡背上，而我则乞求道：

"别这样，别这样。"

突然，在树丛之间，我看到一片移动的黑影，小心翼翼，像猫一样。我惊恐地指着：

"一头母狮！是一头母狮！"

"我们走吧，快点，把你的油灯给我……"

"那泽斯贝拉呢？我们就把它留在这儿吗？"

"让这婊子养的母骡去死吧。"

突然一声枪响，像是另一次雷鸣，但第二声枪声消除了怀疑。我们的军人说得对：面对子弹时，无论射正还是射偏，所有人都会死。有时候，一些人得以在惊恐的尘埃中归来，他们是少数的幸运儿。这正是我们身上发生的事。在慌乱中，恩东济绊倒在我身上，我们两人摔成一团，浑身湿透地倒在地上，透过龙爪茅的空隙窥视。扎卡里亚·卡拉什射中了来袭的母狮。

这头猫科动物仍如醉汉般走了几步，仿佛死亡就是一场发生在地面上的晕厥。之后它倒了下去，带着一种与它女王外表并不相称的脆弱。在母狮倒地的那一刻，雨停了。扎卡里亚确认它死了，随后，他跪在地上，对着高处讲话，请求封住子弹在它身体中凿开的伤口。

我爸爸急匆匆地出现了，并没有在我们那里停留。他绕着围栏转了一圈，寻找泽斯贝拉。找到之后，他便停下来安慰它。

"小可怜，它全身都在发抖。今晚让它睡在屋里。"

"睡在屋里？"恩东济十分惊讶。

"今晚，以及之后有需要的夜晚，都睡在那儿。"

除那天晚上之外，它并没有在屋里睡过。但这已经足以使恩东济满怀妒意地对我说：

"对你这个儿子，他从来不让，但母骡就可以睡在里面……"

✗   ✗   ✗

那次意外之后，畜棚被移到了更近的地方。每当黑夜降临，四周就会点上篝火，保护母骡远离捕食者的垂涎。

几周之后，希尔维斯特勒决定将我们召集起来。我们匆忙而沉默地聚集在有耶稣受难像的小广场上。阿普罗希玛多舅舅跟我们一起度过了前一个夜晚，现在则站在我旁边，同样等待着。老头眉头紧皱，依次盯着我们，长久地直视着我们的双眼。最后，他嘟囔道：

"泽斯贝拉怀孕了。"

我感到想笑。我们中间唯一的雌性完成了它天然的使命。但是我家老头冰冷的目光消灭了我所有轻佻的心思。这违反了神圣的法则：一粒人类的种子取得了胜利，要在耶稣撒冷的牲畜体内开花结果。

"世界上的淫邪就是这样重新开始的。"

"请原谅，妹夫，"阿普罗希玛多舅舅说，"但这事件不正是因您而起吗？"

"我做了预防措施，你很清楚。"

"谁知道会不会某一次，事出偶然，恋奸情热……"

"我已经说了不是我。"我家老头吼道。

极端的愤怒使他混乱，以至于当他叫喊时，口水都从嘴里流了出来，唾沫就像飞溅的陨石：

"事实只有一个：它怀孕了。而使它怀孕的流氓就在我们中间。"

"我发誓，希尔维斯特勒，我甚至从未看过泽斯贝拉一眼。"军人扎卡里亚尖锐地声明。

"谁知道它会不会只是因为生病而腹部肿胀？"阿普罗希玛多怯懦地询问。

"某个腿间有棒的混蛋让它生的病。"我家老头咕哝着。

我眼睛盯着地面，无法面对我爸爸对于母骡的感情。当我们返回房间时，反复的威胁依然纠缠着我们：

"不管是谁，我都要把他的蛋给敲碎！"

✗ ✗ ✗

一周之后，扎卡里亚发出警告：整个黎明，泽斯贝拉都在流血，现在正在嘶叫与抽搐之中挣扎。当第一缕阳光出现时，它开始剧烈扭动。它似乎已经死了。最终，它只是排出了胚胎。扎卡里亚将新生命的候选者从鲜血和黏液中举起，放在怀抱里。军人用哽咽的声音喊道：

"这是耶稣撒冷的孩子！"

一接到消息，我们就聚集在畜棚旁边，围着还在喘息的母骡。我们想要看新生儿，它藏在生育者厚重的皮毛中。我们没能进入畜棚：我爸爸不合时宜的到来推迟了我们焦急的期待。希尔维斯特勒命令我们离开，他要第一个见到这个入侵者。扎卡里亚以军人的敏捷出现在畜棚的栅栏旁：

"看看这个孩子，希尔维斯特勒，马上就知道谁是爸爸了。"

希尔维斯特勒深入到阴暗中，在那里消失了一段时间。他回来时像变了个人，飞快的步伐透露了他灵魂深处的风暴。爸爸刚一消失，我们便冲进栅栏，跪在母骡身旁。当我们的眼睛适应黑暗之后，马上就确认了泽斯贝拉身旁毛茸茸的小身体。

黑白相间的条纹尽管并不规则，却非常有指示性：是斑马的幼崽。一只勇敢的雄性拜访了我们的地盘，成为他远亲的情人。恩东济抱起新生的幼崽，爱抚着它，仿佛它是一个人。他叫它的爱称，像妈妈一样摇晃着它。我从未想过我哥哥能有这样的温情。幼崽占据了他怀中的位置，而恩东济则微笑着轻声说：

"跟你说啊，我的宝贝：你爸爸可是在我家老头心上狠狠踢了一脚。"

连恩东济都不知道他有多么正确。因为不久之后，希尔维斯特勒便返回畜棚，粗暴地将幼崽从抱着他的怀中带走，并下达了不可违逆、立即执行的命令：

"我要这只死斑马和它无力的蛋蛋，听到了吗，扎卡？"

✗ ✗ ✗

这天夜里，我爸爸来到畜棚，手里抱着斑骡。泽斯贝拉湿润的眼睛追随着他的一举一动，而希尔维斯特勒则不断重复，仿佛吟唱着一首圣咏：

"哎，泽斯，你为什么要这么对我？为什么？"

他像是在爱抚新生的幼崽。但事实上，他的双手却要扼死这脆弱的生命，这混种的斑马。他将已经失去生命的小动物放在怀里，远远离开了畜棚。在河边，他亲自埋葬了它。我偷看到了这一切，无法干涉，也无法理解。这件可怕的事情会永远成为一个障碍，使我无法从理智上认可爸爸的善良。恩东济从不知道那天晚上发生的事情。他一直相信，新生幼崽是由于自然原因才没能成活。是野性的自然消除了家生骡子身上的条纹。

封上墓穴之后，希尔维斯特勒·维塔里希奥一直走到水边。我远远地跟着他，相信他是要去洗手。正在那时，我突然听到膝盖撞击地面的声音。难道他是受到内心风暴的袭击而变得衰弱了吗？我靠近了一些，想要帮忙，但对惩罚的恐惧使我依然保持在他的视线之外。那时我才明白：希尔维斯特勒·维塔里希奥在祷告。直到今天，当我回忆起这一刻时，依然觉得浑身发冷。因为我不知道是我自己的想象，还是当真听到了他的乞求："我的上帝，你既然无法守卫我，就守卫我的儿子吧。现在，我连天使都没有了，请你来耶稣撒冷赋予我力量……"

我爸爸突然意识到我的存在。他改变了此前低下的姿态，晃了晃膝盖问道：

"你是要吓我一跳吗？"

"我听到了声音，爸爸。所以过来看看你需不需要帮忙。"

"我刚才是在探测土壤，依然很干。希望能多下点儿雨。"

他将目光投向云朵，假装在估测雨水的预兆。之后他叹了口气说：

"我的儿子，你知道吗？我犯了一个可怕的错误。"

我相信他是想要忏悔自己的罪行。终于，我爸爸要自我救赎，他会被坦白的悔恨赦免。

"什么错误，我的爸爸?"

"我没有给这条河起名字。"

这就是他的忏悔，十分简短，不带感情。他站起来，将手放在我的肩膀上：

"你来选吧，我的儿子，给这条河选一个名字。"

"我不知道，爸爸。对我来说，起名这种事情过于重大了。"

"那就由我来选：它将叫作阔克瓦纳[1]河。"

"我觉得很美。它是什么意思?"

"意思是'爷爷'。"

我感到震惊：我爸爸要对怀念祖先的禁令让步了吗? 这个时刻如此微妙，我什么也没说，生怕他会改变主意。

"每当你爷爷想要求雨时，都会在河边祷告。"

"那之后会下雨吗?"

"之后总会下雨的。有时是祷告提前得太久了。"

他补充道：

"雨是一条由死者守护的河。"

也许这条刚刚命名的河流正是由我爷爷控制的? 也许这样一来，我能感受到更多的陪伴?

我回到自己的房间，哥哥的小油灯依然亮着。恩东济正在画

---

1 在莫桑比克的几种当地语言中，阔克瓦纳（Kokwana）是对老人与祖先的敬称。

着什么，在我看来是一张新地图。上面有箭头、禁止标志和像俄文一样难以辨认的线条。在地图中央，有一条蓝色的长带，清晰可辨。

"那是条河吗？"

"对，是世界上唯一的河。"

那张纸突然变湿了，巨大的水滴掉落在地。

我从地板上的泥沼中离开，坐在床的一角。恩东济告诫我说：

"小心你湿漉漉的双脚，水滴得到处都是。"

"恩东济，你告诉我：一个爷爷是怎样的？"

恩东济认识很多爷爷，我对此非常嫉妒。或许是因为羞愧，他从未谈起过他们。又或者，谁知道呢，是害怕我爸爸会知道？希尔维斯特勒·维塔里希奥禁止一切回忆。家人指的就是我们几个，再没有其他人。文图拉家族之前不存在，之后也不存在。

"一个爷爷？"恩东济询问。

"对，告诉我是怎样的。"

"一个爷爷还是一个奶奶？"

都可以。事实上，这不是我第一次问他同样的问题，而我哥哥从不回答。他总是掰着手指数数，仿佛对于先辈的了解来自精确的计算。他在计算，但与数字无关。

然而，这天晚上，恩东济应该已经完成了计算。因为在我钻进被子之后，他又主动提起了这个话题。他用双手捧着虚无，像带着一只小鸟一样小心翼翼。

"你想知道一个爷爷是怎样的吗?"

"我一直在问你,而你从不回答。"

"你,姆万尼托,从来没见过书,对吧?"

他向我解释了这种极具诱惑力的物品怎样组成,就像把一大摞纸牌装订起来。

"你想象一摞手掌大小的纸牌。书就是一副这样的纸牌,同一边都粘在一起。"

当他用手抚摸一副想象的纸牌时,目光并没有焦点。他说:

"你爱抚一本书,像这样,就知道一个爷爷是怎样的了。"

这个解释让我很失望。在我眼里,一个能够控制河流的爷爷要比这激动人心得多。在我们快要睡着时,我提醒说:

"顺便说一下,恩东济,没有纸牌了。"

"怎么没有了?你把纸牌弄丢了?"

"不是。已经没有可以写字的地方了。"

"我会去找可以写字的东西。明天就给你拿来。"

✗ ✗ ✗

第二天,恩东济从衬衫中拿出一摞彩纸,干巴巴地说:

"可以在这里写字。"

"这是什么?"

"这是钱。是纸钞。"

"我拿这个要怎么做？"

"跟你在纸牌上做的一样，在所有空白的部分写字。"

"这钱之前在哪儿？"

"你觉得我们的舅舅是怎么得到他给我们带来的东西的？"

"他说那些是剩下的东西，他不过是在废弃的地方捡到的。"

"你什么都不知道，我的弟弟。你还在被愚弄的年纪，而我已经到了要被欺瞒的年龄。"

"我现在可以写了吗？"

"现在不行。把这些钱藏好，别让爸爸抓到我们。"

我将纸钞放在床单下面，仿佛为梦境保留一份陪伴。当恩东济的鼾声响起，我独自一人时，便用颤抖的手指爱抚着金钱。不知是出于怎样的理由，我将这些彩色的纸片贴近耳朵，想看看能不能听到声音。就像扎卡里亚聆听地上的坑穴一样吗？或许在这些老旧的纸钞里有什么隐藏的故事呢？

然而，我唯一听到的，却是我恐惧的心跳声。这些钱是我家老头最隐秘的财产。它们构成了最致命的证据，破除了他长久以来的谎言。"那边"依旧活着，统治着耶稣撒冷的灵魂。

所谓的"死亡"只不过是不再生存，而所谓的"出生"则是死亡的开始。所谓的"生存"是活着死去。我们并不等待死亡：我们永远与死亡共存。

让·鲍德里亚★

第二卷

拜 访

★ 让 · 鲍德里亚（Jean Baudrillard, 1929—2007），法国哲学家，后现代理论家。

现身

我想要一份睡眠的许可，
能够连续几小时休息的宽恕，
甚至一点也不会梦到
一个小梦境中轻盈的稻草。

我希望在生命开始之前，
是物种深沉的睡眠，
是一种状态的恩典。
种子。
比根多得多。

阿德利亚·普拉多[1]

　　在人生的大部分时间里，我们都没有真正地生活。我们将自己浪费在四散开来的昏睡之中，为了自我欺瞒与自我安慰，我们

1　阿德利亚·普拉多（Adélia Prado, 1935—　），巴西作家、诗人。

称之为存在。其余的时间，我们如萤火虫般游荡，只在短暂的间歇发出光芒。

在其中的一些间隙里，整个人生可以在一日之间完全调转。对于我——姆万尼托——来说，那天就是这样的日子。一切从早上就开始了，当时我正要迎着狂风出门。四面八方都有尘土的旋涡。旋风跳着诡异的舞蹈，又如鬼魅般突然消失，就像它出现时一样。大树的树冠扫着地面，沉重的枝干从中脱离开来，在折裂声中掉在地上。

"谁都不能出去。"

这是我爸爸的命令。当时他透过窗户向外看，因为肆虐的狂风暴雨而备受煎熬。最令希尔维斯特勒·维塔里希奥感到不安的，莫过于扭曲的树木以及起伏如灵蛇一般的枝叶。

我违逆了父亲的命令，冒险来到连接大房子与我们房间的小径上。很快我就后悔了。风暴就像基本方位[1]的暴动。一阵寒意涌向全身：我家老头的恐惧也许是有道理的？到底发生了什么？地面已经厌倦作为底层了吗？还是说上帝宣告要前来耶稣撒冷？

我用左手护着脸，右手抓紧旧外套的两襟，沿着小径向前走，一直走到阴森的住宅前。我停驻了一段时间，听着狂风的呼啸。这种叫声重新赋予我力量：我是个孤儿，而风在为此哀叹，仿佛它也在寻找失去的亲人。

1　指东西南北四个基本方位。

　　无论如何，我都陶醉于这种违逆，将它视为对希尔维斯特勒·维塔里希奥的复仇。在内心深处，我希望刮起更大的狂风，来惩戒我们父亲的怪诞。我想要转身回去，直面老维塔里希奥，站在他用以监视宇宙肆虐的窗前。

　　在此期间，愤怒的狂风加剧了。风力如此强大，大房子前方的门竟径自打开。这对我来说是一个讯号：一只看不见的手在邀请我跨越那条禁线。我登上前面的楼梯，窥视着阳台，在那里，数百片树叶旋转着，跳着癫狂的舞蹈。

　　我突然看到一具尸体。它倒在地上，是人类的尸体。内心的旋风扰乱了我。我将目光投向那里，焦急地想确认最初的印象。然而一片树叶的海洋却遮蔽了我的视线。我的腿在发抖，没有能力移动。我一定是弄错了，这不过是幻象。又一阵狂风，枯叶再次旋转起来，那个场景也再度返回，比之前更加清晰真切。尸体得到确认，在阳台上发酵。

　　我立即开始奔跑，像中邪了一样大喊。风从相反的方向吹来，吞噬了我的叫声，直到我精疲力竭地跑进屋里，我的不安才被听到：

　　"一个人！一个死人！"

　　希尔维斯特勒与恩东济正在修理锄头的手柄，并没有停下手中的工作。我哥哥抬起眼睛，双眼无神地问：

　　"一个人？"

　　我惊慌失措地将看到的细节告诉他们。我无畏的爸爸用低沉

耶稣撒冷

的声音评论：

"该死的风！"

随后，他将锤子放下，问道：

"他的舌头怎么样？"

"舌头？"

"露在嘴外面吗？"

"爸爸，是一个死人，离得很远。我既没有看到嘴，也没有看到舌头。"

我寻求恩东济的认可，但他一个字也没说。但是，面对我确信无疑的证词，爸爸下达了命令：

"帮我把扎卡里亚叫来。"

恩东济跑着离开了。没过多久，他就和军人一起回来了，后者握着他永远的猎枪。几句话之后，我家老头加快了进度：

"去那儿看看发生了什么……"

扎卡里亚敬了个礼，两脚后跟一碰，但没有马上执行。他征询着适当的许可：

"我能说句话吗？"

"说。"

"姆万尼托看到的应该并不是真正的现实，而是一个视觉幻象。"

"有可能，"希尔维斯特勒表示赞同，"但也有可能是那个房子里之前的死者。不知什么野兽把他拖到阳台上了。"

"这也有可能。昨天晚上有猎狗在附近徘徊。"

"没错，如果是这样的话，你们就把他给埋了。把尸体埋了，但别埋在任何一棵树下面。"

"但你不想知道是谁吗？"

"这个死人谁也不是。你们赶快按要求做吧，如果一会儿风小了，我就去找你们……"

"也许他也住在这儿，在耶稣撒冷，但我们不认识他。"恩东济出人意料地大胆推测。

"你疯了吗？倘若真有尸体，也不是刚死去的人，而是个一直死着的人，出生时就这样，没有生命。"

"爸爸，对不起，但是，我觉得……"

"够了！我不想再听意见。你们挖一个坑，而那个尸体，或者是别的什么，要埋进土里。"

我、恩东济和扎卡里亚排着整齐的纵队，像是送葬的随员。我们小心翼翼地登上大房子的楼梯，之前的场景得到确认，这让我舒了口气。尸体逆光躺在地上，半裹着树叶。一股隐藏的力量使我们停在门口，直到卡拉什小声说：

"我过去！"

"别进去，扎卡！"恩东济劝他。

"为什么？"

"我不喜欢这束光。"他指着从木板缝隙中透过的光线。

扎卡里亚在楼梯的台阶上坐下，在空气中嗅着，似乎在寻找什么可疑的味道。

"我闻不到死亡的气息。"他用深沉的声音说道，那声音令我们脊背发凉。

我们重新窥视着阳台的尽头，试图遮挡从后面射进来的光。

"是一个好人。"军人做出保证。

尸体躺在木地板上，仿佛地板是事先准备的棺材。我们看不到他转向一侧的脸。他的头上遮着一块布，在后面打了个结。

"像是……"扎卡说，"一个外国黑人。"

"你怎么知道？"

这具死尸并不像土著人的尸体一样拥抱大地。他的骨骼并未在土地上寻找另一个子宫。显然，靴子的细节上也有所不同，扎卡里亚从没见过一样的。

"现在，我又觉得他像白人了。"在说话期间，扎卡一直盯着楼梯，"我觉得这家伙的灵魂要离开躯体了。"

他命令我们先去开凿坟墓。等墓穴挖好之后，再回来搬运尸体。在此期间，阳台的光线会发生变化，我们将会得到恶灵的保护。

我们开始挖掘，用铁锹开启这个陌生人最后的居所，但却发生了如下的事情：洞穴永远挖不好。每当我们挖到底部，风就会吹起沙土将墓穴完全盖住。这样的事发生了一次、两次、三次。到了第三次，扎卡里亚像被马蜂蜇了似的，将铁锹丢在地上喊道：

"我不喜欢这样。孩子们，你们过来，快点。"

他将我们赶到一片苦楝树的树荫下，从口袋里拿出一块白布，将它绑在其中一根粗枝上。他双手抖得极其厉害，反倒是恩东济先开口：

"我知道你在想什么，扎卡。我也有同样的感觉。"

接着他转身对我说：

"妈妈的葬礼上就发生过这样的事。"

"是同样的巫术。"扎卡里亚总结道。

于是，他们告诉了我妈妈入土那天发生的事情。"入土"只是一种表达方式，毕竟，从没有足够多的土能让妈妈进入。

"我并不想找掘墓人。"

这是希尔维斯特勒的命令，他高喊着，为了能让自己的声音在狂风之中被听到。沙尘伤到了他的眼睛，但他却不肯半闭上眼皮。保护他远离尘土的是眼泪。

"我不想找掘墓人。我和我的儿子来挖掘墓穴，我们来举行葬礼。"

但是开挖墓穴永远无法完成。我爸爸和恩东济接连尝试了几次，却毫无用处。挖出的洞马上就被填上。卡拉什与阿普罗希玛多也加入其中，但结果还是一样：狂风带着怒气吹起尘土，很快就会把洞穴封上。需要专业掘墓人来完成挖墓与封墓的工作。

现在，八年之后，土地又一次拒绝打开自己的腹部来接受尸体。

"谁都别说话！"扎卡里亚·卡拉什发出命令，"我正在听声音。"

帮手万分小心地靠近阳台，透过木板窥视。随后，他惊讶地将脸转向我们。之前躺着尸体的地方，现在已经什么都没有了。

"死者已经不在那里了，哪里都没有。"扎卡里亚无力地重复道。

风变小了。即便如此，枯叶依旧旋转着，强调着那里的空荡。

"我去找个武器。"扎卡里亚说，接着便沿小径飞奔而去。

不久之后，我的心境变化了，之前的惊吓已经变成了极度的平静。我看了眼如芦苇般颤抖的恩东济，开始步伐坚定地向大房子走去，把他吓了一跳。

"你疯了吗，姆万尼托？你要去哪儿？"

我沉默地登上阳台，小心地踩在老旧的木板上，以防地板倒塌，我的身体也掉下去，那样说不定会跟消失的死尸摔在一起。我在空地四周游走，想要找到一丝痕迹，直到我决定去敲房门。我哥哥声音颤抖地问：

"你是在等那个死人过来给你开门吗？"

"别这么大声说话。"

"你疯了，姆万尼托。我要去叫爸爸。"恩东济说着便转身，飞快地离开了。

我独自一人，面对着深渊。我慢慢地打开了那扇门，观察着入口处的房间。这是一个铺着木地板的大屋子，里面空空荡荡，保留着年代久远的味道。在适应昏暗光线的过程中，我心想：在儿时的那么多个年头里，我怎么从来没有好奇心，想要探索这个禁地？原因是我从来没有度过自己的童年，从出生那一刻起，爸爸就把我变成了老人。

正在那时，有东西现身了：虚空之中，出现了一个女人。我的脚边裂开缝隙，一条烟雾的河流包围了我。由于女人的出现，突然之间，世界超越了我所熟知的边界。

我眼睛半闭，斜视着这位不速之客。她白皙高挑，打扮得像个男人，穿着裤子、衬衣和高筒靴。她有顺直的头发，其中一半藏在一条丝巾下面，就是那条我们认为在死者头上的丝巾，靴子也跟那个死者所穿的一样。她的鼻子和嘴唇都不太清晰，再加上皮肤的颜色，感觉像是出土的女尸。

我想要逃走，但双腿却像经年的老根。我没有转头，但用目光扫视着道路，想要寻求帮助。一无所获。既看不到恩东济，也看不到扎卡里亚，只有雾气笼罩着周围的景致。我头晕目眩，感觉眼泪比我的身体还重。那一刻，我听到了女人最先说出的几个字：

"你在哭吗？"

我用力地点了点头。坦诚自己的脆弱——我心想——只会让鬼魅更加肆无忌惮。

"你在寻找什么，我的孩子？"

"我？没什么。"

我说话了吗？或者这些词汇仅仅从我的体内经过，但并没有发出声响？因为我感受到全然的无助，仿佛赤脚踩在滚烫的地板上。出人意料的是，尽管已经不知道如何生存，生命却变成了一种未知的语言。

"怎么了，你怕我吗？"

温柔甜美的声音只是加剧了我的不现实感。我用手将眼中的泪水抹去，慢慢抬起头，观察这个生灵。但我一直不敢正眼看她，害怕这个鬼魅会将我的眼睛永远摘除。

"刚才是你在庭院中挖墓吗？"

"是我，还有其他人。我们有很多人。"

"我听到声音，去看了看。你为什么要挖墓？"

"不为谁。我是说，不为什么。"

我的目光重新落在阳台上，焦急地想知道，尸体到底发生了什么？地上并没有拖拽的迹象，散落的树叶并没有任何的痕迹。不速之客从我身旁经过，我第一次感受到女性甜美的香味。她远离了我，向出口走去。我注意着她行动的姿态，非常优雅，但却没有恩东济模仿女性时那种夸张的动作。

"抱歉，您真是个女人吗？"

不速之客抬起眼睛，显露出某种古老的创伤。她留下了一片云朵，抖落掉一丝忧伤，然后问道：

"怎么？我不像女人吗？"

"我不知道。我从没见过女人。"

那是第一个女人，她让地板消失了。许多年过去了，我有过同其他女人的爱与激情，而每当我爱她们的时候，世界总会从我的脚下逃离。第一次相遇在我身上留下深深的烙印，那就是女人神秘的力量。

我感觉恢复了气力，便像丛林中的羚羊一样迅速离开了。谜一般的白人女子在门边盯着我。我还回头看了一眼，期待着她会再度消失，希望这一切不过是我的幻觉。

我终于得到家里的庇护，心脏在胸中跳作一团，以至于当我见到恩东济时，差点组织不起语言：

"恩东济，你……你不会相信的。"

"我看到了。"他说，跟我一样感到惊诧。

"看到什么了？"

"一个白皮肤的女人。"

"当真看到了？"

"我们什么都不能跟爸爸讲。"

✗ ✗ ✗

当天夜里，我的母亲拜访了我。在梦里，她仍然没有面容，但已经有了声音。这是那个鬼魅的声音，温柔甜美，含情脉脉。我懵懂地醒来，这个梦如此真实。我听到房间里的脚步声：恩东济无法入睡。他同样遭遇了夜间的拜访。

"小恩东济，你告诉我：我们的妈妈跟她像吗？"

"不像。"

"你为什么睡不着，恩东济?"

"我做了梦。"

"你也梦到妈妈了吗?"

"你还记得那个故事吗，我爱的姑娘没有脸?"

"记得。有什么关联吗?"

"在梦里，我看到了她的脸。"

外面的声音使我们安静下来。我们跑到窗前，是扎卡里亚在和我们的爸爸说话。通过手势判断，军人正在向他汇报鬼魅现身的细节。我们偷窥着，看随从扎卡里亚比画着，生动地复述着在阴森房屋中发生的事情。我爸爸的脸色变了，满是阴郁：有人来拜访我们，耶稣撒冷的天与地都在颤抖。

希尔维斯特勒怒气冲冲地起身，消失在黑暗之中。我们远远地跟着他，渴望了解这个男人脑海中发生的事情。他穿过庭院，像一只受伤的野兽。希尔维斯特勒径直来到卡车前，摇醒了正在前座睡觉的阿普罗希玛多。他开门见山地说：

"那个白女人来这儿干什么?"

"来的又不只她一个。你怎么不问我来这儿干什么?"

我爸爸控制不住情绪，挥手叫来了卡拉什。希尔维斯特勒似乎想与他密谈些什么，但一个字也没从他的嘴里说出。他突然要去踢阿普罗希玛多，军人试图阻止，我们的舅舅却还是被踢到了。他们三个转着圈，就像风磨上断裂的叶片。终于，我爸爸累了，他靠在汽车的一侧，深吸着气，仿佛要重新进入自己的灵魂。当他发问时，发出的是十字架上耶稣的声音：

"你为什么要背叛我，阿普罗希玛多？为什么？"

"我并未与你签订协议。"

"我们不是一家人吗？"

"这话该我问。"

阿普罗希玛多话说得过分，超过了应有的界限。我爸爸依旧沉默，像泽斯贝拉小跑过后一样喘着粗气。就这样，他有些泄气地看着阿普罗希玛多从卡车上卸下一堆小玩意儿：双目镜、可以穿透黑夜的强力电筒、照相机、遮阳帽和三角凳。

"这算什么？入侵吗？"

"这不算什么。夫人喜欢拍摄苍鹭。"

"你还跟我说'不算什么'？有人在这儿拍摄苍鹭？"

又多了一个让他感到不适的理由。事实上，有一个陌生女人在这里，这件事本身就是难以忍受的擅闯。只要一个人——尤其还是一个女人——就能毁掉整个耶稣撒冷之国。希尔维斯特勒·维塔里希奥的辛勤建设将毁于一旦。毕竟外面还有一个活生生的世界，而这个世界的使者将在他国土的中心入住。没有时间能够浪费：阿普罗希玛多必须把一切重新装好，把那个闯入者也一并带走。

"你，大舅子，把那个娘们给我带走！"

阿普罗希玛多笑了，笑容迟钝而又模糊：这是他无话可说时惯有的表情。他将身子在连体制服里晃了晃，积聚勇气来反驳：

"亲爱的希尔维斯特勒，我们并非这儿的主人。"

"我们不是什么？我就是这儿的主人，我是这片区域唯一的管理者。"

"我不知道，我不知道。你难道看不出来，或许我们才是必须离开这里的人？"

"怎么会？"

"我们占据的房屋都是国家财产。"

"什么国家？我在这儿根本没见到国家。"

"国家从来都是看不到的，妹夫。"

"不管怎样，我都逃离了那个世界，在那儿看不到国家，但国家又总会出现，把属于我们的东西拿走。"

"你可以大声嚷嚷，希尔维斯特勒·维塔里希奥，但你在这儿是不合法的……"

"去他妈的不合法。"

他愤怒得连声音都走了调，撕裂的嗓音就像撕成两半的破布。我们从未听过那样的音色。我爸爸向办公用的房屋走了几步，发出怒吼：

"婊子！臭婊子！"

他调整身体的姿态，仿佛每个字都是投掷出去的石块：

"给我滚，你个婊子！"

看他这样对着虚空战斗，令我感到难过。我爸爸想要将世界封闭在他之外。但却没有一扇能让他从内部锁上的门。

✗　✗　✗

我家老头凌晨便将我从床上晃醒，趴在枕头上悄声对我说：

"我有个任务要交给你，我的儿子。"

"什么，爸爸？"我睡眼惺忪地问。

"一个间谍任务。"他补充。

他三言两语地向我解释，任务很简单：我要去大房子里打探葡萄牙女人的房间里都有什么。希尔维斯特勒·维塔里希奥希望能发现些蛛丝马迹，弄清楚这位访客的隐藏目的。恩东济负责吸引葡萄牙女人的注意力，让她远离房屋。我不需要害怕昏暗与阴森。葡萄牙女人已经将受苦的灵魂吓跑了。国内的鬼魂无法跟外国人和睦相处，他肯定地说。

稍晚一些，到了上午，葡萄牙女人的个人物品在我颤抖的双手中重见光明。一连几小时，我都用手指和眼睛浏览着玛尔达的信纸。每一页都像一只翅膀，比在高空更令我眩晕。

女人的信纸

记忆钟爱的事物，成为永恒。
我带着记忆爱你，从而不朽。

阿德利亚·普拉多

我是女人，是玛尔达，而我只能写信。或许你离开的正是时候。因为倘若用其他方式，我永远也无法抵达你。我已经失去了我自己的声音。马尔塞洛，如果你现在来的话，我只会沉默。我的声音已经转移到了另一具不属于我的身体里。当我聆听它时，连我自己都无法辨认。在爱的话题上，我只能书写。不只是现在，一直是这样，哪怕你还在的时候。

我像鸟儿编辑它们的飞行一般书写：没有纸，没有笔迹，只有思念与光。那些词语尽管是我的，却从未在我体内。我书写，却并不想诉说。因为关于我们的曾经，我不知能对你说什么。对于我们的未来，我也无话可说。因为我就像耶稣撒冷的居民一样。我没有思念，没有回忆：我的子宫从未孕育生命，我的血液从未在另一个身体里流淌。我是这样衰老的：我在自己体内蒸发，面纱遗忘在教堂的座椅上。

我只爱你一个人，马尔塞洛。这份忠诚使我遭遇最艰辛的流放，这份爱使我远离了爱的可能。现在，在所有的名字中，我只剩下你的名字。只有对它，我才能发出曾经对你的请求：请让我诞生。因为我如此需要诞生！需要诞生出另一个人，远离我，远离我的时代。我耗尽了气力，马尔塞洛。耗尽了力气，但并不空虚。要想空虚，首先要有内部。我丢失了自己的内部性。

你为什么从不写信？我最想念的并非阅读你的文字，而是用刀划开信封的声音，信封里装有你的信件。这样，我就能再次感觉到灵魂的温存，像在某处剪断一条脐带。可我错了：没有刀，没有信。没有任何分娩，也没有任何人分娩。

✗　✗　✗

你看到当我写信给你时，是多么渺小了吗？正因为如此，我永远也不可能成为诗人。面对缺席时，诗人会变得伟大，仿佛缺席是他的神坛，而他比词语更大。而我不是，缺席会令我沉沦，失去与自己的联系。

这是我的矛盾：当你在时，我不存在，被无视。你不在时，我不认识自己，很无知。只有当你在场时，我才是我，只有当你缺席时，我才拥有我。现在，我知道了。我只是一个名字。一个只能在你口中燃烧的名字。

✗ ✗ ✗

今天早上，我远远地看着火灾。在河流的另一边，大片区域顷刻烧毁。并非大地变成了火海，而是空气本身在燃烧，整片天空都被魔鬼吞噬了。

更晚一点，当火舌平静下来，只剩下一片深灰色的海洋。没有风，漂浮的颗粒像黑蜻蜓一样停留在碳化的龙爪茅上。这可以是世界末日的景象，但对我来说，却恰恰相反：这是大地的分娩。我想要大声喊出你的名字：

"马尔塞洛！"

我的喊声很远都能听到。毕竟，在这个地方，连静默都有回声。如果存在一个我能够再次降生的地方，那一定是这里，在这里，最短暂的一瞬都能使我满足。我就像荒原：燃烧，是为了生存。我因自己的干渴而溺亡。

✗ ✗ ✗

"这是什么？"

在我们到达耶稣撒冷之前的最后一站，奥兰多（我应该习惯叫他阿普罗希玛多）指着我日记封面上的名字问：

"这是什么？"

"她是什么，"我更正，"她是我。"

我本应当说：这是我的名字，写在我的日记封面上。但是我没有。我说这是我，仿佛我全部的身躯与生命不过是三个简单的字。这就是我，马尔塞洛：我是一个单词，你在夜里书写我，在白天将我擦除。每一天都是你撕碎的一页纸，我是信纸，期待着你的手，我是字母，等待着你双眼的爱抚。

✗ ✗ ✗

在耶稣撒冷，从一开始，最令我印象深刻的，就是没有供电。在此之前，我从未感受过夜晚，从未被黑暗拥抱。黑暗是从内部拥抱我的，直到我自己也变得黑暗。

今晚我坐在阳台上，在天空之下。不对，不是在天空之下。而是，没错，是在天空之中。苍穹就在手边，我呼吸缓慢，生怕弄乱了星座。

油灯燃烧着，灯油的味道是唯一将我定在地面上的锚。其余一切都是无法辨识的蒸气、未知的气味，和在我四周胡言乱语的天使。

在我之前没有任何事物，我在开创世界、光明和阴影。不止如此：我在创建词语。是我最先使用了它们，我是我自己语言的创造者。

所有这些，马尔塞洛，让我想起我们在里斯本度过的夜晚。当我在床上用美肤霜涂抹身体时，你看着我。乳霜太多了，你抱怨说：脸上擦一种，脖子上擦一种，手上擦一种，眼眶附近还要再擦一种。它们被发明出来，仿佛我的每一部分都是一个独立的机体，维持着独有的美丽。对于化妆品商人来说，每个女人都拥有自己的身体还远远不够。我们每个人都有许多身体，每个人都像自治的联邦。这是你试图劝我时说的话。

我被衰老的恐惧纠缠着，却使我们的关系老化了。我忙着让自己变美，却没能留住真正的美，它只存在于赤裸的目光之中。被单变冷了，床交了厄运。不同之处在于：你在非洲遇到的女人，她的美丽只为你一个人。我的美是为了自己，而这不过是换种方式在说：不为任何人。

这便是那些黑女人拥有而我们永远无法获得的：她们一直有着完整的身体。她们居住于身体的每个部分。她们全身都是女人，所有的时间都是阴性。而我们，白人女子，却生活在奇怪的迁徙中：我们有时是灵魂，有时是身体。我们顺从罪恶，为的是逃离地狱。我们向往着欲望的翅膀，为的是之后因过错的重负而跌落。

现在我到了这里，却突然不想见你。对我来说，这种感觉很奇怪，在重新得到你的梦中，我旅行了许久。然而，在前来非洲的旅程中，这个梦却开始旋转。也许是等待了太长时间。在等待中，我学会了喜欢思念的感觉。我回忆起诗人的诗行："我来到世界，为了拥有思念"。似乎只有在缺席时，我才能够从内部充盈自己。这些房子就是例子，只有在空置时才能感受到自己。就像我现在居住的这个房子。

✗　✗　✗

一枚掉落果实的痛苦，这便是我的感受。对种子的宣告，这便是我的期待。正像你看到的，我学习了树木与地板、时间与永恒。

"你像土地。这就是你的美。"

你是这样说的。当我们接吻时，我失去了呼吸，在喘息中，我问："你是哪天出生的？"而你回答我，声音颤抖："我现在正在出生。"你的手沿着我两腿间的空当上升，我又问："你在哪儿出生的？"而你几乎失声地回答："我在你身体里出生，我的爱人。"你是这样说的。马尔塞洛，你是一个诗人。我是你的诗。当你给我写信时，你的讲述如此之美，以至于我脱下衣服来阅读你的信。只有赤身裸体时我才能读。因为我并非用眼睛来迎接你，而是用我的整个身体，一行接一行，一个毛孔接一个毛孔。

✗ ✗ ✗

　　那时我们还在城里，阿普罗希玛多问我是谁，我感觉我为此讲述了整整一夜。我讲了所有关于我们的事，讲了几乎所有关于你的事，马尔塞洛。到了某个时刻，或许是因为疲惫，我意识到自己的叙述震惊了我。那些秘密十分迷人，因为它们之所以被创造出来，就是为了有一天能被泄露。我泄露了秘密，因为我已经无法忍受不再迷人的生活。

　　"你知道，玛尔达夫人，到猎场的行程非常危险。"

　　我没有回答，但事实上，只有穿越地狱、将灵魂放在火上灼烤的旅程才令我感兴趣。

　　"说说这个马尔塞洛吧。你的丈夫。"

　　"丈夫?"

　　我已经习惯了：女人通过讲述她们的男人来解释自己。因为正是你，马尔塞洛，在向他人解释我，而我在你的话语里变成一个简单的生物，只需一个男人的话语就能概括。

　　"去年，马尔塞洛来非洲度假。"

　　像所有对住在同一个地方感到幻灭的人一样，他来到这里，来朝拜思念。他在这里待了一个月，回去时像变了个人。也许是因为再次见到了这片曾震撼他的土地。许多年前，正是在莫桑比克，他曾作为士兵战斗。他原以为，自己是被派往一片陌生的土地上杀人，然而事实上，却是被派去杀死一片遥远的土地。在这场致命的行动中，马尔塞洛最终诞生成了另一个人。十五年之后，他想再次见到的，并非这片土地，而是这次诞生。我坚持不让他离开。我对这次旅行有种奇怪的预感。没有任何回忆能接受拜访。更严重的是：有些记忆，唯有在死亡中才能重逢。

✗ ✗ ✗

所有这些我都说了，马尔塞洛，因为所有这些都令我痛苦，就像一枚天生畸形的指甲一样。我需要说出来，将这枚指甲咬到甲心。马尔塞洛，你不知道你让我死了多少次。因为你虽然从非洲回来了，你的一部分却永远留在了那儿。每一天，你都清早离家，在街上游荡，仿佛在你的城市里，你什么都不认识。

"这已经不是我的城市了吗？"

你是这样对我说的。一片土地是我们的，就像一个人属于我们一样：我们从来无法占有。你回来几天之后，我在你的抽屉底部发现了一张照片。那是一张黑人女子的肖像。她年轻，美丽，深邃的眼睛直视着镜头。在照片背面记录着一行小字：是一串电话号码。字体如此微小，看起来就像细碎的粉末。但它却是深渊，让我不断地掉落其中。

我的第一反应是想打个电话。但又想了想。我能说什么呢？只是愤怒难以抑制。我将照片反面扣下，就像对一具不想看到脸庞的尸体所做的一样。

"叛徒，我希望你死于艾滋或者虱子。"

我想要折磨你，马尔塞洛，想要向你宣告逮捕，为了将你拘禁于我的愤怒里。爱或不爱都不重要了。在接下来的几个晚上，我的等待变成了无尽的失眠。我想等你回来之后跟你谈谈，你回来了，却精疲力竭而无法倾听。等到第二天，你的疲惫就能消除一些吧。但就在这一天，你从机场打电话给我，告诉我你又要启程去莫桑比克。我第一次对自己的声音感到陌生。我对你说："那，你睡吧……"仅此而已。而我真正想对你说的却是："跟你的黑妞儿们永远睡下去吧……"天啊，我现在觉得非常羞愧，因为我的愤怒，也因为这种情感使我变得渺小。

我留在里斯本，备受煎熬，因为我的一部分已随你而去。悲伤而又讽刺的是，你不在的这段时间，是你的情人在陪伴我。在床头的桌子上，那个女人的照片在看着我。我们相互对视，度过了白天与黑夜，仿佛有一根无形的绳索，将我们永远联结在一起。有时我会低声对她说出我的决定：

"我要去找他。"

黑皮肤的情人于是劝我："别去！让他独自一人没入深色的污泥里吧。"我坚信一切已不可挽回：我的丈夫永远消失了，成为食人仪式上的牺牲品。像其他前往野蛮非洲的旅行者一样，马尔塞洛被吞食了。他被一张巨大的嘴吞了下去，那张嘴有整块大陆那么大。古老的奥秘吞噬了他。如今已经没有野蛮人，但有土著人。土著人可以长得很美，尤其是女人。正是从这种美丽中产生了粗野。一种粗野的美丽。那些白皮肤的男人，曾几何时，残酷的他们害怕被吞食，现在却渴望被吃掉，被黑美人贪婪地一口吞下。

这是你情人对我说的话。有多少次，当我睡着时，情敌的照片都在我的睡梦中游走。每一次，我都在咬牙切齿地低声说：该死的女人！我并不接受命运的不公。许多年来，我都在化妆、节食、健身。我相信这是能够继续吸引你的方式。直到现在我才明白，诱惑在别处。也许在眼神里。而在很久之前，我就让这种炙热的眼神熄灭了。

在观看燃烧的荒原时，我突然怀念起这种交火，这面马尔塞洛体内令人目眩的镜子。令人目眩，就像字面所要求的那样，需要夺走光芒、使人盲目。而我现在想要的正是目眩。对于这种幻觉，我曾体验过一次，我知道，它就像吗啡一样让人上瘾。爱情就是吗啡。它可以包装起来上市出售，名字就叫：爱吗啡[1]。

那些所谓的"女性杂志"贩卖爱情的处方、奥秘与技巧，声称能够让人有更多也更好的爱。还有做爱的小贴士。一开始，我相信了这种幻觉。我想要重新征服马尔塞洛，因此愿意相信任何事。现在我知道了：在爱情里，吸引我的只有未知，让身体脱离灵魂，放弃任何指引。女人只是表面。在表象之下的是：畜牲、

1　原文为"Amorfina"，既可以看做是爱（amor）与吗啡（morfina）的合成词，也可以看做是"令人烦恼"（amofinar）的近似词。

野兽、蛆虫。

✗ ✗ ✗

整片天空都会让我想起马尔塞洛。他对我说："我要数星星。"然后便一个个地触碰我的雀斑。他的手指标记着我的双肩、后背、胸部。我的身体就是马尔塞洛的天空。而我并不会飞，不懂得将自己交给那种数星星的慵懒。在性爱方面，我从未感到随心所欲。可以说，那是一片陌生的区域，一种未知的语言。我的拘谨并非只是单纯的羞怯。我是一个手语翻译，无法将内心诉说的欲望转化成身体的姿态。我是吸血鬼口中的一颗坏牙。

我又回到了床头的桌子前，为了直面黑情人的脸庞。在拍照的那一刻，她的眼神沉浸在我丈夫的眼睛里。这种眼神发亮，就像房屋入口处的光。或许正是这样，有一种眩目的眼神，或许正是这样，马尔塞洛才总是渴望着她。说到底，这并非是性。而是感觉到被渴望，哪怕只是短暂的伪装。

在非洲的天空下，我变回了女人。大地、生命、水，这些是我的性别。天空，不，天空是阳性的。我感觉天空在用他的每一根手指触碰我。我在马尔塞洛的温情中入睡。在远处，我听到巴西人应和着希科·塞萨尔[1]的节奏："如果你看向我，我会轻柔地

1　希科·塞萨尔（Chico César）：巴西当代歌手、作家、记者。

消融，像火山中的雪。"

我想要住在一个能够梦到雨的城市。在那个世界，下雨就是至高的幸福。而我们每个人都在下雨。

✗ ✗ ✗

今天晚上，我进行了那个仪式：脱光衣服，阅读马尔塞洛以前的信。我的爱人写信方式如此深刻，在阅读的过程中，我甚至能感觉到他的手臂紧贴着我的身体，我的裙子似乎已经被解开，衣物掉落在我的脚边。

"你是个诗人，马尔塞洛。"

"别再这么说了。"

"为什么？"

"诗歌是致命的疾患。"

做爱之后，马尔塞洛很快就睡着了。他用腿夹着靠垫，陷入了沉睡。而我还醒着，独自一人品味着时间。开始时，我认为马尔塞洛的态度里有一种难以容忍的自私。更晚一些之后，我明白了。男人不会去看他们刚刚爱过的女人，因为他们害怕。害怕在她们眼睛深处看到的东西。

驱逐的命令

我失去了对自己的恐惧。再见。

阿德利亚·普拉多

玛尔达的信纸烫伤了我的手。我整理了一下，以免有人发现我侵犯了其中的私密。我带着灵魂的重负回到家中。我们害怕上帝，因为祂存在。我们更害怕魔鬼，因为它不存在。而在那一刻，我害怕的既不是上帝也不是魔鬼。没错，我担心的是，如果我说在葡萄牙女人的房间里毫无发现，只有许多情书，不知希尔维斯特勒·维塔里希奥会有怎样的反应。我家老头就站在营地门口，手叉在腰上，声音充满焦虑：

"报告！我想要报告。你在葡国女人那儿发现了什么？"

"只有纸。没了。"

"纸上写了什么？"

"爸爸忘了我不识字吗？"

"你带了几张纸回来吗?"

"没。下一次……"

他没让我说完。他从厨房里走出去,没过多久,就拽着恩东济的胳膊回来了。

"你们两个去葡萄牙女人家里,传达我的命令。"

"什么命令,爸爸?"恩东济问。

"还用问吗?"

我们要把她赶回城市,方式可以简单粗暴。葡萄牙女人必须无条件接受。

"我要这个女人走得远远的,离开这里,永远别再回来。"

我看了眼恩东济,他一动不动,似乎认同了这个命令。在内心深处,他应该极为反对。但是他没有说话,没有反抗。我们就这样,等着希尔维斯特勒再次开口。我爸爸的沉默令我们也保持着安静。就这样,我们恭顺卑微地向阴森的房子走去。走到一半时,我问:

"你准备怎么让葡萄牙女人走?你准备怎么说?"

恩东济无力地摇了摇头。他感受到两个不可能的极端:无法遵从,也无力违抗。最后,他说:

"你去跟她说。"

然后他便转过身去。我继续前行,像在送葬的队列中一样,迈着缓慢的步伐,向大房子走去。我看到那个不速之客坐在楼梯上,脚边放了一个包。她亲昵地向我打了个招呼,眼睛盯着天空，仿佛在准备飞走。我期待着能听她说些什么，用那种曾拜访过我梦境的甜美声音。但她却沉默着，从包里拿出了一样东西，我之后才知道，那是照相机。她给我拍了张照，窥探着我灵魂中连我自己都不认识的角落。接着她从袋子里拿出一个小金属设备，将它靠在耳边，片刻后又放下。

"这是什么?"

她向我解释了这是手机，和它有什么用途。但是，在耶稣撒冷这里，却接收不到信号。

"没有它，"她指着电话，"我会感到迷失。天啊，我多么需要跟谁说说话……"

一股深切的悲戚笼罩着她的眼睛。她似乎要痛哭起来。但她忍住了，用手轻抚着脸庞。她走开了一段时间。我觉得她似乎在含糊地念着马尔塞洛的名字。但她念得如此缓慢沉寂，更像是为逝者祈祷。慢慢地，她回来将所有东西放回包里，最后问道:

"在这附近，苍鹭一般会停在哪里?"

"小湖泊那里，有很多。"我说。

"等凉快一点，你能带我去那个小湖吗?"

我点了点头，没有跟她提起守卫在水塘边上的鳄鱼。我害怕她会在出游的决议上打退堂鼓。那时候，她已经开始在身体上擦乳霜了。我十分好奇，突然向她提了个问题:

"你想要我给你拿桶水来吗?"

"水? 为什么?"

"你不是在洗澡吗?"

她的悲伤瞬间消失了。葡萄牙女人大笑起来,几乎冒犯到我。洗澡?她是在涂防晒霜。我又想,她应该是有什么疾病。但不是。女人说,像今天这样的天气,阳光是有毒的。

"这里不会,我的夫人,在耶稣撒冷不会。"

葡萄牙女人背靠在一根木柱上,闭上眼睛,开始哼唱。世界又一次逃离了我。我从未听到过这样的旋律,在人类的双唇间流动。我倾听过小鸟、清风与河流,但从未听过与此相似的音调。或许是为了将自己从这种震荡中拯救出来,我问道:

"抱歉,夫人您也是婊子吗?"

"什么?"

"婊子。"我吃力地一字一顿念道。

女人先是感到惊愕,继而觉得好笑。她垂着头,仿佛思想正压着她,最后,她叹了口气说:

"或许是吧,谁知道呢?"

"我爸爸说所有的女人都是婊子……"

我觉得她像是在微笑。之后她站起来,仔细地看着我,她半眯着眼睛,感叹道:

"你长得像你母亲。"

我的体内发生了一场洪水,她甜美的声音蔓延开来,完全遮蔽了我的灵魂。我需要过一段时间才能发问:这个外国女人认识朵尔达尔玛吗?这两个女人是什么时间、又是怎样产生交集的呢?

"请您原谅，但是夫人……"

"叫我玛尔达吧。"

"是，夫人。"

"我知道你家的历史，但我从来没有见过朵尔达尔玛。你呢，你见过你妈妈吗？"

我点了点头，动作极为缓慢，因为悲伤几乎切断了我与身体的联系。

"你还记得她吗？"

"我不知道。所有人都说我不记得。"

我想要请求她再唱一次。因为现在，在我体内，有一种确信。玛尔达并非一名访客：她是一名使者。扎卡里亚·卡拉什预感到她的到来。然而，我却怀疑：玛尔达是我的第二个妈妈。她来这里，是为了把我带回家。而朵尔达尔玛，我的第一个妈妈，就是这个家。

✗ ✗ ✗

当我陪玛尔达前往苍鹭湖时，阴影已经投射下来。我帮她拿着摄影工具，在下坡时挑选不那么陡峭的地段。她时不时地在途中停下，将两手放在头后面拢一拢头发，似乎是为了防止它们遮蔽视线。她又一次打量着苍穹。我想起阿普罗希玛多曾说："想要永恒的人会看天空，想要瞬间的人会看云朵。"访客什么都想要，天空与云朵，飞鸟与无穷。

"多么耀眼的光芒啊。"她陶醉地反复说。

"你不害怕它有毒吗？"

"你无法想象，现在的我有多么需要这种光……"

她讲话时，就像在祷告一般。耀眼的光芒，对我来说，是她一举一动所发出的光，我也从来未曾见过如此顺直夺目的头发。但她说出了一件一直存在，而我却从未在意的事情：光芒并非来自太阳，而是来自地点本身。

"在那里，我们的太阳不会说话。"

"'那里'是哪儿，玛尔达夫人？"

"那里，在欧洲。这里不一样，这里的太阳会呻吟、低语、叫喊。"

"但是，"我礼貌地纠正她，"太阳一直都是一样的。"

"你错了。在那里，太阳是块石头。这里，则是一种水果。"

即使说同一种语言，她的话也是外语。玛尔达的语言有另一种族裔、另一种性别、另一种柔和。对我来说，仅仅听她讲话，就是离开耶稣撒冷的方式。

某一刻，葡萄牙女人要我别看她：她脱掉了外衣，褪下了裙子，仅穿着内衣，浸泡在河里。我背对着河流，看到恩东济躲在灌木丛中。他示意我假装没看到他。在藏身的地方，我哥哥睁大眼睛，极为享受。而我也第一次看到，我哥哥的脸消失在一团火焰之中。

✗ ✗ ✗

　　我爸爸很快猜到我们没有完成他的指示。让我们感到吃惊的
是，他并没有生气。他难道能理解我们那些可以被谅解的理由，
宽恕我们的退缩，那暂时遮蔽太阳的乌云？他循规蹈矩地穿好衣
服，戴上他拜访泽斯贝拉时的那条红色领带，穿上同样的深色皮
鞋，戴上同样的毛毡帽。他一手一个拉上我们，将我们拽到阴森
的房子那里。他敲了敲门，葡萄牙女人刚一露面，他便喊道：

　　"这是我儿子第一次不听我的话……"

　　女人平静地看着他，等待他说下去。希尔维斯特勒修饰了一
下声音，改变了起初的粗粝：

　　"我请求您允许。为了我和我的两个婚生子。"

　　"进来吧。我这儿没有椅子。"

　　"我们不在这里停留，夫人。"

　　"我叫玛尔达。"

　　"我不叫女人的名字。"

　　"那你怎么叫？"

　　"我没有时间叫她们。因为夫人您现在就要从这儿离开。"

　　"我的名字，玛丢斯·文图拉先生，和你的一样：是一种天生
的疾病……"

　　听到自己曾经的名字，我爸爸遭受到了一次看不见的抽打。

他的手指抓紧我的手，像发射短箭的弓弦一样紧绷。

"我不知道他们是怎么对你说的，但你弄错了，我的夫人。这里没有文图拉。"

"我会走的，你别担心。我来非洲的目的已经快要完成了。"

"你为什么到这里，我可以知道吗？"

"我来找我的丈夫。"

"我问你，夫人：你从那么远的地方来，只是为了找丈夫？"

"对，你觉得这还不够吗？"

"女人不会启程寻找丈夫。女人会等。"

"那么，或许我不是女人吧。"

我绝望地望着恩东济。这个陌生人说自己不是女人！她是说真的吗，这番反驳她身上慈母感觉的话？

"在启程之前，我就听说了你的故事。"玛尔达说。

"没有任何故事，我只是在这儿度个短假，这里是私人领地。"

"我知道你的故事……"

"唯一的故事，我尊敬的夫人，就是你要离开，回到你来的地方。"

"先生您不认识我，不是只有丈夫会让一个女人迁移。在生命中，还有其他的爱……"

这一次，我爸爸决然地抬起胳膊，打断了她的话。如果世上还有令他感到厌恶的东西，那就是关于爱的对话。爱是一片无法发号施令的国土，而他创造了一隅由服从统治的角落。

"这番对话已经太拖拉了。我已经老了，夫人。每浪费一秒钟的时间，我失去的都是整个生命。"

"所以，你要对我说的话，已经说完了？"

"没别的了。夫人说是来找人的，那你可以走了，因为这儿一个人也没有……"

"尊敬的文图拉，我可以跟你说一点：离开世界的不只是先生您。"

"我不懂……"

"如果我跟您说，我和您在这里，是出于同样的理由呢？"

这番见证令人痛苦。她，一个女人，一个白皮肤的女人，在挑战老头的权威，当着他孩子的面，指出他作为男人和父亲的脆弱。

希尔维斯特勒·维塔里希奥告辞离开了。更晚一些，他向我们解释，说沸水已经溢出，岩浆在火山洞里，他以这句话结束了交谈：

"女人就像战争：能把男人变成野兽。"

✗ ✗ ✗

跟访客正面交锋之后，我爸爸睡得很不踏实。他在接连不断的噩梦中翻来覆去，而在他难以辨识的感叹词之间，我听到他时而呼喊我们的妈妈，时而呼喊母骡：

"小阿尔玛！小泽斯贝拉！"

第二天一早，他浑身发烫。我和恩东济围在他的床前。希尔维斯特勒甚至没能认出我们。

"泽斯贝拉？"

"爸爸，是我们，你的儿子……"

他同情地看着我们，就这样，脸上挂着微笑，暗淡的眼神像是从来没有见过我们。过了一会儿，他将手放在胸前，像是在支撑自己的声音，接着做出判断：

"你们想，不是吗？"

"我们不明白。"恩东济说。

"你们想要照顾我？这就是你们想要的吧，看我被击倒，看我被埋在这种虚弱里？但我不会让你们得逞……"

"但是，爸爸，我们只是想帮忙……"

"离开我的房间，再也别进来了，哪怕是为我收尸也不行……"

一连几天，我爸爸都在床上，生命垂危。在他身边的一直都是他忠诚的仆人，扎卡里亚·卡拉什。这几天正好能够让我们有机会接近玛尔达。我越来越将她当作妈妈。恩东济越来越把她梦想成女人。我哥哥开始被情欲控制：梦到她浑身赤裸，用雄性的贪婪将她的衣服剥光，在梦中的地板上，掉落着卢济塔尼亚女人[1]

的内衣。我喜欢的是玛尔达的优雅。她书写，每天都趴在纸上，将字迹排列成行。像我一样，玛尔达是这个世界的外来者。她书写记忆，我调试寂静。

到了晚上，我哥哥吹嘘着他在征服她芳心方面的进展，就像一个将军汇报他攻占城池的信息，说他偷窥到了她的胸，撞见了她最私密的时刻，看到了她一丝不挂洗澡的样子。只差一点，他就能占有她的身体。因为这个黄金时刻已经临近，我哥哥兴奋不已，站在床上叫嚷：

"要么上帝存在，要么祂马上诞生！"

这些事就像猎手的故事：只有在谎言中才能恰当地讲述。然而，他的每一则故事都让我觉得别扭、痛苦，并遭到背叛。即使我知道，这些更多的是欲望而非现实，恩东济的描述依然让我深感愤怒。我的生命中第一次有了女人。她由已故的朵尔达尔玛派来，负责照顾我余下的童年。慢慢地，这个外国女人便成为我的妈妈，就像是她的第二次转世。

✗ ✗ ✗

我哥哥的色情描述或许只是妄想，但现实是，第三天下午，我便看到恩东济将头放在她的腿上。这种亲昵让我怀疑：也许我

---

1 即葡萄牙女人。

哥哥与外国女人余下的罗曼史是真的呢？

"我累了。"恩东济坦诚地说，整个人都摊在玛尔达身上。

葡萄牙女人爱抚着我哥哥的脸庞说：

"这不是疲惫。是悲伤。你在想念着谁。你的疾病叫作思念。"

我妈妈已经去世很久了，但在我哥哥心中，她从未死去。有时候，他想要痛苦地叫喊，但却没有活力来叫喊。那一刻，葡萄牙女人劝告他：恩东济需要进行哀悼，驯服思念野蛮的毒刺。

"你有这整片地方，这么好的地方，可以用来哭……"

"哭有什么用呢，如果没有人听的话？"

"哭吧，亲爱的，我把肩膀给你。"

妒意使我离开了这悲伤的场景。在我身后，恩东济倒在了不速之客身上。我第一次憎恨我的哥哥。在卧室里，我因感到被恩东济和玛尔达背叛而哭泣。

✗ ✗ ✗

更糟的是，我爸爸好转了。在卧床一周之后，他走出了房间。他坐在阳台的椅子上休息，仿佛病症不过是疲惫而已。

"你感觉好吗？"我问。

"今天醒来时，我已经活过来了。"他回答。

他要求恩东济过来。他想检查一下我们的眼睛，看看我们睡得如何。我们将脸排成一排，接受他怪异的检查。

"你，恩东济，起得太晚了。甚至都没有向星辰问好。"

"我没睡好。"

"我知道是什么偷走了你的睡眠。"

我闭着眼睛，等待着接下来的宣判。我猜会是一场狂风暴雨，要么就是我不了解希尔维斯特勒·维塔里希奥。

"那我就提醒你：如果我看到你跟这个葡萄牙女人谈情说爱……"

"但是爸爸，我什么也没做……"

"这些事情不需要做：等它们出现时，已经做完了。之后别说我没提醒。"

我扶老头回去休息。然后我来到庭院，葡萄牙女人正在那儿等我。她想让我帮她爬树。我犹豫了一下。我以为女人是想回忆童年，但不是。她只是想验证一下，如果站在更高的地方，手机是不是能有信号。我哥哥愿意帮助她上到树枝之间。我发现他在偷看白女人的双腿。我离开了，不忍直视这堕落的一幕。

稍晚一些，吃完晚饭之后，我们沉默地围着桌子，老希尔维斯特勒高声说：

"今天，我又恶化回去了。"

"您又病了吗？"

"都是你们害的。你们居然让这娘们上树了？"

"那又怎么了，爸爸？"

"那又怎么了？你难道已经忘了我……我是一棵树吗？"

"爸爸，你不是在说真的。"

"这女人爬树，就是在跟我作对，用她的脚踩我，她全身重量都压在我肩膀上……"

他不再说话，感觉受到极度的冒犯，只有双手还在虚空中绝望地舞动着。他艰难地站起来。当我想要帮忙时，他伸出食指，指着我们的鼻子：

"明天这些就结束了。"

"什么结束了？"

"明天就是这娘们离开的最后期限。明天是她的最后一天。"

✗ ✗ ✗

最大的惊雷出现在黑夜里：恩东济宣布他要跟外国女人一起逃走。据他所说，一切都安排妥当，连最微小的细节都计划好了。

"玛尔达会把我带到欧洲。那里有一些可以进出的国家。"

正是这些定义了一个地方：到达与出发。所以我们没有在任何一个地方生活。想到我将独自一人留在巨大的耶稣撒冷，一阵寒意令我无法动弹。

"我跟你们一起走。"我扯着嗓子宣告。

"不，你不行。"

"为什么我不行？"

"欧洲不允许你这么大的孩子进入。"

他将舅舅的话转述给我。说在这些国家甚至都不用工作：财富都是现成的，只需要填写相应的申请。

“我要周游欧洲，跟这个白人女子手挽着手。”

“我不信，哥哥。这个女人会爬到你的眼角上。记得你跟我讲过的那次恋情吗？你已经又变瞎了。”

* * *

最令我伤心的不是恩东济突然要走，而是他要和玛尔达一起走。因为这个原因，我无法入睡。我盯着大房子，看到油灯依然亮着。我找到玛尔达，开门见山地告诉她：

“我对你很生气！”

“对我？”

“你为什么选择了恩东济？”

“你在说什么？”

“我全都知道了，你要跟我哥哥一起逃走。要把我丢在这儿。”

玛尔达向后仰了下头，然后笑了。她让我走近一点。我拒绝了。

“明天我就走了。你不想跟我一起散个步吗？”

“我想跟你一起离开这里，永远离开……跟恩东济一起。”

“恩东济不会跟我走的。你放心吧。明天阿普罗希玛多会带燃料来，然后我们两个一起走。只有我和你舅舅，不会有别人。”

"你发誓?"

"我发誓。"

葡萄牙女人拉着我的手,将我带到窗前。她看着夜色,对她来说,整片天空都只是一颗星辰。

"你看到那些星星了吗?你知道它们叫什么?"

"星星没有名字。"

"它们有名字,只是我们不知道。"

"我爸爸说,在城里,人们会给星星取名字。他们这么做是因为害怕……"

"害怕?"

"害怕感觉到天空不属于他们。但是我不相信,毕竟,我甚至知道是谁造就了星星。"

"是上帝,不是吗?"

"不。是扎卡里亚。用他的猎枪。"

葡萄牙女人笑了。她用手指梳理着我的头发,而我将她的手贴近我的脸。我无限地想要用自己的双唇轻蹭玛尔达的皮肤。那时我才意识到:我不懂得亲吻。而这种无能刺痛了我,仿佛宣告了一种不治之症。玛尔达看着阴影交织在我的身上,对我说:

"已经很晚了,你赶紧去睡吧。"

我回到自己的房间,正准备溜到床上,却注意到希尔维斯特勒与恩东济正在走廊中央争吵。在我进门时,我家老头下令道:

"谈话到此为止!"

"爸爸，我求你……"

"我已经决定了!"

"拜托了，爸爸……"

"我是你爸爸，我都是为了你好。"

"您不是我爸爸。"

"你在说什么?"

"您就是头野兽!"

我惊恐地注视着希尔维斯特勒的脸：皱纹超出了他的脸庞，在他的脖子上，邪恶的血管形成了沟壑。他的嘴张开又闭上，超过了需要讲话的次数。似乎对于他愤怒的程度来说，讲话远远不够。他想要表述的东西超越了任何语言。我等待着他的爆发，就像每次怒火中烧时一样。但他没有。过了一会儿，希尔维斯特勒平复了激动的情绪。他甚至像是屈服了，认同了恩东济的话。这次屈服会是绝无仅有的例外：我爸爸就像罗盘的指针一样固执。他最终延续了这份倔强。他抬起下巴，摆出纸牌里国王的姿势，傲慢地得出最终结论：

"我什么都没听见。"

"那么，这一次，你会继续听不见。我会把一切都说出来，一切藏在我心里的东西。"

"什么也听不见。"我爸爸抱怨着，看着我。

"您是爸爸的反面。爸爸赋予儿子生命。而您为了自己的疯狂，牺牲我们的生命。"

"你想生活在那肮脏的世界里吗？"

"我想要生活，爸爸。仅仅是生活。但是现在问已经太晚了……"

"我很清楚是谁把这些想法放进你的头脑里的。但这明天就会结束了……彻底结束。"

"您知道我要对您说什么吗？很长一段时间以来，我都觉得是您杀死了我们的妈妈。但现在我知道了，其实正好相反：是她杀死了您。"

"闭嘴，不然我就打烂你的脸。"

"您已经死了，希尔维斯特勒·维塔里希奥。您身上一股腐味，就连迟钝的扎卡里亚都要受不了你的气味了。"

希尔维斯特勒·维塔里希奥抬起胳膊，在空气中闪着火花，如闪电般劈到恩东济脸上。鲜血飞溅而出，我冲出去抱住了爸爸的身体。葡萄牙女人突然出来干涉，使这场斗争变得更为复杂。一种由身体和腿组成的滑稽舞蹈跳遍了整个房间，直到三个人都绊倒在地。每个人各自站起来，晃了晃身子，整了整衣服。玛尔达最先开口：

"小心，这里没人想打女人，不是吗，玛丢斯·文图拉先生？"

希尔维斯特勒的动作停滞了一会儿，他的手举在头顶，仿佛一种突然的麻痹使他有了这种紧张症状。葡萄牙女人走近了一些，如母亲般地说：

"玛丢斯……"

"我已经跟你说过，不要叫我这个名字。"

"不可能将一切遗忘这么久。并不存在如此遥远的旅行……"

我们就这样相互告别了，谁都没有猜到这个夜晚之后的结局。阿普罗希玛多的汽车轮胎将会四分五裂，变成破碎的橡胶。第二天，汽车将会瘫痪着醒来，光脚踩在荒原滚烫的路面上。

第二份信纸

在暗月与天竺葵的夜晚
他会带着非凡的手和嘴前来
演奏花园里的长笛。
我在我绝望的开端
只看到了两条道路：
或者变疯，或者封圣。
我拒绝和指责
一切不如血与脉自然的东西
却发现我一整天都在哭泣，
深陷悲伤的头发，
被彷徨袭击的皮肤。
等他来了，因为他一定会来，
失去青春的我要怎样到达露台？
月亮、天竺葵和他一如往昔
——唯有事物之中的女人老去。
如果我不疯，我要如何打开窗子？
如果我不封圣，又要如何将它关上？

阿德利亚·普拉多

当我在里斯本宣布，说我要拯救迷失在非洲的丈夫时，我家人放弃了他们一贯的冷淡和疏远。争执不下时，我爸爸甚至说：

"这种妄想，我的女儿，有一个名字：弃妇之痛！"

我之前就在哭泣，但那时才注意到我的眼泪。妈妈做出了让步，但仍然重复着她的疑虑："没有人可以拯救婚姻，只有爱可以。"

"谁告诉你没有爱呢?"

"这就更严重了：爱是没有救赎的。"

第二天，我查阅了报纸，浏览着分类广告的页面。在前往非洲之前，应该在一个所谓最具非洲特色的欧洲城市里，让非洲先来到我身边。不需要离开里斯本，就可以寻找马尔塞洛。正是出于这种信念，在分类广告的页面上，我的手指停在了班步·马隆加老师那里。在占卜师的照片旁边，列出了许多神奇的技能："挽回心爱的人，寻找失踪的人……"最后还加了一句："……顾客可以用信用卡付款"。对于我这种情况，大概是一张失信卡。

第二天，我沿着阿玛多拉市狭窄的小路行走，背着一包广告商要求的用具："个人照片、七根黑蜡烛、三根白蜡烛、一瓶葡萄酒或烧酒"。

给我开门的男人几乎是一个巨人。彩色的长袍更增添了他的体量。当我自我介绍时，在"老师"这个称呼上犹豫了一下：

"昨天是我打的电话，老师。"

班步来自另外的非洲，但他并不拘谨。"非洲人，"他说，"全都是班图人，都很像，使用同样的诡计与同样的巫术。"我表示相信，跟着他行走在木质小雕像和墙上悬挂的幔布之间。公寓很窄小，我尽量避免踩到覆盖在地面上的猎豹皮和斑马皮。哪怕已经死了，动物也不是用来践踏的。

将我引到一个圆凳子上之后，占卜师检查了我带来的东西，指出了我的失误：

"缺少一件你丈夫的衣服。昨天，我在电话里告诉你了，需要一件内衣。"

"内衣？"我无意识地重复。

我在心里笑了。马尔塞洛所有的衣服都是内衣，每件都紧贴着他的身体，每件都被我痴迷的手指抚摸过。

"你明天再来吧，夫人，把东西带齐。"占卜者礼貌地建议。

第二天，我清空了马尔塞洛的衣橱，将它们装进一个手提袋里，带着这个大包穿过了里斯本。我没有到达阿玛多拉。在中途，我停在河边，将衣服扔进水里，仿佛是在把它们倒在占卜师咨询室的地上。我看着衣服在河上漂流，突然，我觉得就像是马尔塞洛飘在特茹河的河水上一样。

那一刻，我感觉自己是一个江湖术士。衣服首先是庇护新生儿的拥抱。之后，我们又会给死人穿衣，仿佛他们正走上另一段旅程。连班步老师都想象不到我的巫术：马尔塞洛的衣物漂走了，就像我们相遇的预告。在非洲大陆的某处，也会有一条河流，将把我的爱人归还给我。

✗ ✗ ✗

我刚刚到达非洲，感觉这个迎接我的地方实在太大了。我是来找人的。但自从我到了之后，却一直都在迷路。在酒店入住之后，我意识到自己跟这个新世界的联系有多么脆弱：一张照片背后的七个数字。这个数字是唯一能将我带到马尔塞洛面前的桥梁。没有朋友，没有熟人，甚至没有不熟的人。我独自一人，而我从未如此孤独过。当我拨出号码又最终放弃时，我的手指懂得这份孤独。之后我再次拨打电话。直到一个悦耳的声音从那端响起：

"谁在说话？"

这句话将我定住了，我完全无法开口。我情敌的问题简直荒谬：谁在说话？可是我根本没说话。她应该问的是：谁不说话？几秒钟之后，那个声音仍未放弃：

"这里是诺希。谁在那边说话？"

诺希。这是她的名字。在此之前，那个女人还只是一张不会动的脸。现在有了声音和名字。一阵颤栗使我恢复了话语：我一口气说完了一切，仿佛只有怒气才能解释我自己。女人沉默了一会儿，接着，她镇定地约好来酒店找我。一小时之后，在泳池旁边的酒吧里，她出现了。她很年轻，穿着白色连衣裙，和一双同样颜色的单鞋。我心里有什么东西碎了。我以为会见到一个姿态像女王一样的人，但我眼前的却是一个落魄的小姑娘，她的手指颤抖着，似乎连一根烟的重量都无法承受。

"马尔塞洛抛弃了我……"

奇怪的感觉：我丈夫的情人向我倾诉，说我丈夫抛弃了她。我瞬间便不再是那个被背叛的人。我们变成了两个从未谋面的旧时亲眷，承担着同样的遗弃。

"马尔塞洛跟一个有夫之妇搞在一起了。"

"之前他就跟有夫之妇搞在一起过。"

"在这儿吗？"

"不，在那儿。就是我。这个新女人是谁？"

"我从来都不知道。不管怎样，马尔塞洛也不再跟她在一起了。没人知道他去了哪儿。"

她将手窝成贝壳形状，接着烟灰。这个抖落烟灰的动作让我明白了她没有告诉我的事情。我找了个理由回到房间。只要一分钟，我解释说。但在这短暂的时间里，我哭出了整整一生的眼泪。

✗ ✗ ✗

当我返回时，已经调整好情绪。尽管如此，诺希还是注意到了我红肿的双眼。

"让我们忘了马尔塞洛吧，让我们忘了那些男人吧……"

"他们不值得一个女人难过。"

"更何况是两个女人。"

然后我们便开始谈论那些无足轻重、但女人们却善于谈论的事情。那个女人——她几乎还是个小姑娘——的孤独让我难受。她把我抬到了听告解者的位置，花了不少时间抱怨作为一个白人的情人，她究竟受了多少苦。在公共场合，种种目光谴责着她：是个婊子！而她的家人则选择了另一个方向，鼓励她利用外国人，离开这个国家。当诺希说话时，我还在设想：如果我看到她跟我的马尔塞洛一起走进酒吧，我会说些什么，会爆发出怎样的怒火？事实上，我现在感受到的只是对这个女人的同情与喜爱。每一次她遭受辱骂，我同样觉得受到了冒犯。

"那现在呢，诺希，你在做什么？"

为了得到工作，她向一个拥有多项业务的商人投怀送抱。那人叫做奥兰多·玛卡拉，白天是她的老板，晚上是她的情人。在求职面试时，奥兰多迟到了，他走起路来，就像钟表的指针一样，一瘸一拐。他上下打量着她，带着狡诈的微笑说：

"我甚至不需要看你的简历。当接待员吧。"

"接待员？"

"接待我。"

她获得了工作，却丢失了自己。在内心深处，她做出了一个决定。她将一分为二，就像一个裂开的果实：她的身体，是果肉；果核，是灵魂。她将献出果肉，满足其他老板的口味。而她自己的种子，却保留完好。深夜里，在被吃掉、玷污、凌辱之后，她的身体会回到果核，而她最终会作为一枚完整的果实入睡。但这种修复性的睡眠迟迟不来，令她绝望：

"我的女性朋友说三道四。但我要问：现在我跟自己同种族的人在一起，就不是卖淫了吗？"

她并没有询问我的想法。诺希很确定，她很早就不需要思考这些伤痛了。一个婊子出租肉体。她的情况却正相反：她的身体在出租她。

"我这样很好，相信我……"

黑女人看到我脸上的怀疑。有一个不再属于我们的身体，又怎么可能开心呢？性，她说，既不是靠身体也不是靠灵魂完成的。要靠身体之下的身体。她的手指又抖了抖烟灰。那一刻，在回忆的眼睛下面，我看到马尔塞洛的衣服在河水上漂流。

"我已经很久没做爱了，"我承认，"已经不知道该怎样脱去男人的衣服。"

"这么惨吗？"

我们笑了，仿佛我们是多年老友。一个男人的谎言将我们聚在一起。而真正使我们联合起来的是两个生命的真相。

奥兰多·玛卡拉，也就是诺希的老板，来酒店接她。我被介绍给他认识，我立刻发现，这个人就是和善的化身。他矮胖而且跛脚，但无法超越地友好。

"你们两个怎么认识的？"他问我们。

我不知该如何回答。但诺希出人意料地编了个理由：

"我们在网上碰到的。"

接着她便谈起了电脑的优势与危险。

奥兰多想知道我为什么来这儿，还有我对这儿的印象。我对他谈起马尔塞洛，突然点亮了他的一则记忆。

"你有他的照片吗？"他问。我展示了钱包里的一张照片。当奥兰多仔细观察时，我问诺希：

"马尔塞洛这张照片照得不错，不是吗？"

"我从来没见过这个男人！"她突兀地说。

商人站起来，将钱包一起拿到窗前。我关注着他的动作，心中有些怀疑，直到他喊道：

"就是他。我把你丈夫带到猎场去了。"

"什么时候？"

"有一段时间了。他想要给野兽拍照。"

"你把他留在那儿了吗？"

"差不多。"

"什么叫差不多？"

"在到达目的地之前，我就让他下车了，就在靠近入口大门的地方。我不想让你担心，但他好像病了……"

马尔塞洛的病，可以这么回答，就是他自己。换句话说，他是一个无可救药的人。

"之后你就没再听说过马尔塞洛了，他是回去了，还是留在那儿了？"

"留在那儿？我的夫人：那里没人可以留下……"

*　*　*

那天晚上，当我独自待在房间里时，思考了马尔塞洛想去猎场的原因。应该不只是为了摄影。谜团噬咬着我的睡眠，直到凌晨，我再次找诺希的男朋友帮忙。他来晚了，但他跛行的方式让我觉得这并不是一种缺陷，而是对迟到的道歉。或者，谁知道呢，是对脚下土地的体贴？诺希陪着他。但这一次，她非常疏离、庄重，让我很难认出前一天的姑娘。我直奔主题：

"把我带到你放下我丈夫的地方。"

我料想到他会拒绝。那甚至不是一个男人待的地方，更何况是女人。恕我直言，尤其是一个白人女子。我坚持让他将我带到猎场。

"你丈夫，尊敬的夫人，你丈夫已经不在那儿了……"

"我知道。"

奥兰多·玛卡拉表现得很为难。我明白这是报酬问题。事情说定了：我跟他一起到那条他放下马尔塞洛的路上。之后，奥兰多就跟这件事没关系了。

"你为什么不把一切都告诉她，奥兰多？"

诺希的插嘴令我吃惊。她替我辩论了几句，指出在猎场住着奥兰多的家人，而他们一定会接待我。

"家人？那些不是家人。"

"是陌生人。但是好人。"

"别跟他们说话，都是些疯子。"

奥兰多反感地屈服了。即便如此，他依然列出了一大堆要求：我应该避免跟在营地里居住的家人接触。并且理解那四位居民的特别之处。

"比如说，我，在那里，我不是奥兰多。"

"怎么不是？"

"我是阿普罗希玛多。这是那里人所认识的我。我是阿普罗希玛多舅舅。"

作为带我去那的条件，我还要接受一个谎言：如果在猎场里被问到是怎么到那儿的，我需要帮奥兰多撇清责任。我是自己来的。

x x x

奥兰多一早便来到酒店，开着他的旧卡车。旅途很长，是我一生中最长的行程。车况太差，以至于路上要花费三天时间。

我想要体验一下这种感觉，做一件以后再也不可能有机会做的事情：在如此崎岖的路上，驾驶如此破旧的车。

"奥兰多，让我开一会儿吧，就一会儿。"

"你要习惯叫我阿普罗希玛多。"

他允许我开车，但是只能在我们离开城市之前。我便这样在城郊的窄道上开了一会儿。我很少能看到路，满满的都是人和垃圾。我在两侧的行人之中猜测着道路。这里的人并不走人行道。他们走在车道上，仿佛这是自己的天然权力。

我问自己：我有能力在这种混乱中开车吗？之后我才明白，并非我在开车，而是马尔塞洛的双手在替我开，我很久之前就失明了，无论对内还是对外。我就像非洲的公路一样：只有通过在上面行走的人，才能意识到它的存在。

我将方向盘还给奥兰多，回到我的座位，心中非常确定：开车与坐车并没有什么区别。有段时间我想要周游世界。现在我只想抛弃世界出游。

ꭗ ꭗ ꭗ

我们刚一离开城市，天空便倾泻下来，我从未见过这么大的雨。我们必须停下，因为道路并不安全。突然，在雨水的水流之上，我好像看到了马尔塞洛的衣服漂过。我想："特茹河从非洲的土壤漫溢出来，而我的爱人正在附近的某个河岸等我。"

我以为我知道下雨是怎样的。然而，那一刻，我重新检查了词汇，开始担心我们应该租一条船，而不是一辆车。洪水却发生在雨停之后：那是一场光线的倾泻，密集、强劲，足以致盲。我几乎无法区分这两样东西：水与阳光。两者都过于强盛，两者都确认了我的渺小。似乎有数千个太阳，有数不尽的光源在我的体内和体外。这是我光明的一面，以前从未展示出来。所有的色彩都失去了色彩，所有的光谱都变成了一张纯白的被单。

马尔塞洛总是穿着白色的衣服。也许他就在这里，一眼就能看到。我知道是的，我能感觉马尔塞洛在这里，他在场，只要一个词汇的距离。我看不见他，只是因为阳光的反射，因为这偶然的强光。

*　*　*

稍远一些，我经过了一群女人。她们在浅湖中洗澡。再往前点，另一些女人在洗衣服。奥兰多将车停下，我靠近她们。她们注意到我之后，立即迅速地将布缠在腰上，遮住自己。她们的乳房干瘪地垂在腹部。迷住马尔塞洛的肯定不是这样的女人。

我长久地观察着她们。她们笑了，仿佛知晓我的秘密。她们会知道我遭到背叛的情况吗？又或者将我们联系起来的是女人的身份，我们总会被不忠的命运背叛？之后，那些村妇再次上路，头上顶着水罐或包裹。那时我才发现她们可以多么优雅。羚羊般的脚步消除了她们运送的重量，胯部飘浮摇摆，就像舞者在无尽的舞台上一样不断变换。正因为从来没人看她们，她们一直在演出中。头顶着水罐，她们跨越了天空与大地之间的界限。而我在想：女人并非在运送水，她的体内携带着整条河。而这个源头正是马尔塞洛一直在他体内寻找的。

突然，从一个洗衣妇手中，掉落出一些我感到熟悉的衣服。那是一些白衬衫，而这种苍白我并不陌生。一阵寒颤令我无法动弹：那是马尔塞洛的衣服。我头脑混乱地下了车，跌跌撞撞地奔下斜坡，女人们被我的突然靠近吓了一跳。她们用自己的语言叫喊着，收起水里的衣服，沿着河岸逃开。

✗ ✗ ✗

出行的第二天，我们起得很早。我看着将要升起的朝阳，在尘土中，它就像地球的一个碎片，正在浮现、升腾。非洲是最有情欲色彩的大陆。我讨厌接受这种刻板印象。我走出车门，坐在卡车的后面。这种寂静完全不是我曾体会过的宁静。它并不是一种我们出于对虚空的恐惧而急于填充的缺席，而是一种内部的觉醒。这是我的感觉：寂静占据了我。在我之前，一切都不存在，我想，而马尔塞洛还未出生。我来见证他的诞生。

"我是第一个创造物。"我大声宣告，重新张开眼睛，面对着惊讶的阿普罗希玛多。

光明，阴影，所有景象都像是刚创造出来。甚至包括词汇。是我为它们穿上了衣服，仿佛它们都是些小孩子，在周日占据了小镇的广场。

"你看，玛尔达太太。看我发现了什么。"阿普罗希玛多边说，边给我看他手中的胶卷。

"是我丈夫的吗?"

"是。为了休息,我跟他在这里停留过。"

突然,造物的感觉暗淡下来。到头来,没有任何东西是开端。在我的生命中,一切都是消逝与终结。我是那个我曾是的存在。我来找我的丈夫。如果跟另一个女人私奔的男人也可以被称为丈夫的话。这里可以成为世界起始的地方。但却是我的终点。

✗ ✗ ✗

又是女人。是另一些女人,但是对我来说,和之前的那些并无区别。她们半裸着穿过道路。关于非洲人的裸体,我和马尔塞洛之前就讨论过。突然,在社会认可的欲望交易中,出现了一些黑人的身体。深肤色的男人女人攻占了杂志、报纸、电视、时尚游行。那些身体很美,被雕刻得优雅、平衡、色情。我问自己:我们以前怎么就看不到呢?非洲女人怎么就从一个人种话题变成了时尚杂志封面、化妆品广告、高级服装秀的重要形象呢?我清楚地注意到,这些画面令马尔塞洛沉醉。一股深层的怒火在我的心中燃烧。这种黑人情欲的入侵确实传达了一个讯号:在对美的判断标准上,我们的偏见越来越少。但黑人女性的裸体却将我引向了自己的身体。我想了想自己看待身体的方式,得出结论:我不懂得如何裸露。我意识到:遮蔽我的并非衣物,而是羞耻。从夏娃开始，从原罪开始，便一直如此。对我来说，非洲并非一个大陆，而是我对自身情欲的恐惧。有一件事似乎是确定的：如果我想重新征服马尔塞洛，就需要让非洲在我体内出现。我需要在自己体内，诞生出我非洲式的裸露。

✗　✗　✗

我蹲着，观察着四周。成千上万的蚂蚁在地上穿梭，排着长队，没有尽头。我听说这帮女人会吃这些红色的沙土。等她们死了之后，会变成土地的食物。活着的时候，她们吞食明日就会吞下她们的大地。

我边站起来边提起内裤。我最终忍住了。膀胱会等到另一片土地。一片没有贪婪昆虫经过的土地。

我们再次上路，这条路是地平线转弯处一条蜿蜒的蛇。它是活的，正张开大嘴将我吞噬。

汽车在荒原上行进着，车辙消失了，沙云升起，就像秃鹫的翅膀。沙尘笼罩了我的脸庞、眼睛、衣服。我被变成了土地，被埋葬在土地之外。也许，在不知道的情况下，我会变成令马尔塞洛痴迷的非洲女人？

疯狂

当我们不再拥有我们拥有的祖国
失去了她因为拒绝与沉默
甚至海洋的声音也变成了流放
我们四周的光像监狱的栅栏

索菲娅·安德雷森

"你在这里干什么？"

信纸掉在地上。我本以为它们会轻轻掉在地上，飘浮着降落。但正相反，整摞纸一下子掉落，让房子四周的知了都安静下来。

"你在读我的信吗？"

"我不识字，玛尔达太太。"

"那你拿着这些纸干什么？"

"因为我从没见过……"

"从没见过什么?"

"纸。"

玛尔达弯腰捡纸。她一页一页地核对,仿佛每一页都封存着巨大的宝藏。

"我爸爸在营地那边叫喊。我觉得我该走了。"

✗ ✗ ✗

葡萄牙女人碎裂的汽车轮胎让我爸爸彻底疯了。在阳台上,希尔维斯特勒语无伦次地抱怨:

"我身边都是叛徒和懦夫。"

阳奉阴违的名单很长:大儿子不尊重他,大舅子变成了"那边"的人;有人动了他的钱箱;甚至连扎卡里亚·卡拉什都开始不听话了。

"只有你,我的儿子,只有你还没抛弃我。"

他向前走了一步,想要触碰我,但我躲开了,假装是在调整拖鞋。我保持着这样的姿势,低着头,直到他走开,回到平时休息的地方。我的视线没有离开地板,明白他能读出我叛逆的情感。

"姆万尼托,你过来。我缺少一份寂静。"

他坐在沙发上,闭上眼睛,垂下两只胳膊,仿佛它们已不属于他。我几乎有点同情希尔维斯特勒。但是,我没有办法不去想,正是这双胳膊曾多次殴打我可怜的哥哥。也正是这双胳膊,谁知道呢，也许曾扼死了朵尔达尔玛，我亲爱的妈妈。

"我什么都没感觉到。出什么事了，姆万尼托？"

寂静是一次横渡。要有足够的行囊才敢开展这段旅程。在那个时刻，希尔维斯特勒空无一物，而我则充满了痛苦与疑虑。我的头脑中不断嗡嗡作响，又如何能够调试寂静？我快速起身，路过沙发时尊敬地鞠了一躬，便离开了。

"别丢下我，我的儿子，我从未如此绝望过。姆万尼托，你过来。"

我没去。我站在拐角，背靠着躲在一堵墙后面。我听到了他胸中的杂音。老头似乎要痛哭起来。突然，令人震惊的事情发生了：我爸爸在哼唱一段旋律！在我十一年的生命中，第一次听到我家老头唱歌。那是一段伤感的旋律，而他的声音就像一条仅由露水组成的河。我双臂紧紧抱住膝盖：我爸爸在唱歌，而他的声音完成了神圣的使命，驱散了黑暗的云朵。

我得到了净化，我的整个身体都在倾听，仿佛知道那是维塔里希奥第一次也是最后一次唱歌。

"我喜欢听，妹夫。"

阿普罗希玛多舅舅突然到来，我差点跳起来。我爸爸受到更大的惊吓，因被撞到他唱旧时的歌谣而倍感羞愧。

"我不是故意的，就这样唱出来了。"

"我无数次地回想起我们教堂的合唱，你是指挥，希尔维斯特勒，你做得那么好……"

"我要跟你坦白一件事，大舅哥。没有什么比这更令我怀念的了。"

那些人比不上，那些爱情与朋友也比不上。最令他难过的是缺少音乐。在深夜里，他说，在被子和床单之间，他会无声地哼唱。那时，其余的声音就会出现，它们如此清晰准确，只有上帝才能够听见。

"正因为如此，到了晚上，我才不让孩子们靠近我的房间。"

"你最终没能遵守，亲爱的希尔维斯特勒……"

有多少次，他当时承认，有多少次他想请阿普罗希玛多从城里把他的旧手风琴带来。希尔维斯特勒·维塔里希奥坦白了一切，他的手抖得如此厉害，另一个人表示担心：

"你还好吗，妹夫？"

希尔维斯特勒站起来，平复了一下情绪。他伸展了一下肩膀，紧了紧腰带，咳嗽了一声，然后宣称：

"我很好，刚才是临时症状。"

"那就好，亲爱的妹夫，因为我要跟你说另外一件并非临时的事情。"

"这么说，应该不是什么好事……"

"正如我跟你说过的，我已经被动物局重新录用了，现在有新的职责……"

我爸爸从口袋里拿出一包烟，开始进行漫长的卷烟仪式。他抬起脸，重新面对访客：

"你在那里挺好的，阿普罗希玛多，在管理动物的部门……"

"正是因为这个新身份，我要来说一件讨厌的事情。亲爱的希尔维斯特勒，你必须离开这里。"

"什么叫离开这里？"

"一项关于这个区域的发展计划得到了批准。猎场已经私人化了。"

"我听不懂这种语言。你解释一下。"

"动物局把这块地给了一些外国的私人投资者。你必须离开。"

"你一定是在开玩笑。等这些外国投资人来了，让他们跟我说。"

"你必须提前离开。"

"可笑。我等待着上帝前来耶稣撒冷，最后来的却是些外国投资人。"

"是这样的，这个世界……"

"也许这些外国投资人是新的上帝呢？"

"也许？"

"人变起样来还真是奇怪。"

希尔维斯特勒梳理了一下：一开始，阿普罗希玛多几乎是他的兄弟，非常重情义，是家庭、友善与协助的化身。之后，这种帮助开始收费，各种来往也变成了提前付款的交易。再近一些，阿普罗希玛多下车时便带着一副政府的面孔，说是国家想要把他从这里赶走。现在，他满脸是钱，宣称那些没有名字、面目不清的外国人才是新的主人。

"你别忘了，妹夫，外面有一个世界。这个世界变了。是全球化……"

"那如果我不走呢？你们会把我强制驱逐吗？"

"这倒不会。那些国际捐助者非常注重人权，有对当地群体的安置计划。"

"所以我现在是当地群体吗？"

"最好是，我的妹夫。比希尔维斯特勒·维塔里希奥好多了。"

"如果我是"当地群体"的话，你就不是我大舅哥了。"

希尔维斯特勒伸出手指，厉声做出最后声明：政府雇员和前大舅哥要知道，牛群才能被安置。而他，希尔维斯特勒·维塔里希奥，曾经的玛丢斯·文图拉，则会死在这里，死在他自己命名的阔克瓦纳河边。

"你明白了吗，雇员？而埋葬我的人将是我的两个……"

"你的儿子？你的儿子已经决定跟我走了。你将独自一人。"

"扎卡里亚不会丢下我……"

"我已经跟扎卡说过了，他也受够了。"

我爸爸抬起脸，空洞的目光忽明忽暗。我知道，他是在自己心中寻找耐心的调料。

"新鲜事都说完了吗，大舅哥？"

"我没什么要说的了。现在，我要走了。"

"在你走之前，我的朋友，你告诉我：你的名字是什么？"

"这是什么玩笑，希尔维斯特勒？"

"我要给你看一样东西，我亲爱的陌生人。我这么称呼你，你不要觉得冒犯，比起朋友，我一向更喜欢陌生人……"

他边说边起身，将手伸进口袋底部，掏出一叠钞票堆在地上，放在脚边。

"比起家人，我一向更喜欢朋友。而你现在有了陌生人的优势。"

他弯下腰，左手微弯，右手点燃一支火柴。

"你在干什么，希尔维斯特勒？你疯了吗？"

"我在吸我的钱。"

"那是钱，希尔维斯特勒，是用来为我的货物付账的……"

"曾经是……"

阿普罗希玛多精神恍惚地离开了，在转弯时差点绊倒在我身上。我保持着原本的姿势，一动不动地看着阳台。在那儿，我看到我家老头重新回到沙发上，大声喘气，说着最让人意想不到的话：

"剩的不多了，小达尔玛。已经剩的不多了。"

当我悄悄地像影子一样逃入树丛时，皮肤依旧冰凉。到了安全地带，我立刻飞奔起来。

✗ ✗ ✗

"你在躲谁呢，姆万尼托？"

扎卡里亚坐在储藏室门前，握着一支手枪，似乎刚刚开过几枪。

我迅速过去，在军人身边坐下。我觉得他想要跟我说些什么，但是他很久都没说话，而是用枪膛在沙地上作画。我仔细看着地上的划痕，突然意识到，扎卡里亚是在写字。我灵魂颤抖地阅读他写下的字：朵尔达尔玛。

"我妈妈？"

"别忘了，小家伙：你不识字。你怎么做到的，猜的吗？"

我明白已经太晚了：卡拉什是个猎人，而我已经踏入了他布置的陷阱。

"我知道的比这更多，小家伙。我知道你把那些写字的纸都藏在哪儿了。"

谁都清楚，他一定会将一切都告诉他的老板、我的父亲——希尔维斯特勒·维塔里希奥。我和恩东济很快就会成为被革除教籍的人。

"别害怕。我也因为词汇和纸张撒过谎。"

他用鞋底擦掉了我妈妈的名字。沙粒吞掉了字母，一个接着一个，就像土地又一次吞掉了朵尔达尔玛。接着，扎卡里亚告诉我他在殖民军队服役时发生的事：信件来了，而他是唯一从未有人给他写信的人。扎卡里亚总是被排除在外，感觉到种族压在他身上：并非肤色意义上的种族，而是永远得不到快乐的种族。

"从来没有女人给我写过信。对我来说，在还没有到达这里之前，耶稣撒冷就开始了……"

几个不识字的葡萄牙士兵推举他来解读那些来自葡萄牙的信件。这是属于他的时刻。坐在集体宿舍上下铺的顶端，白人渴望的目光注视着他，仿佛他是一位强大的先知。

但是这种短暂的虚荣不能与收到信的狂喜相提并论。扎卡里亚的妒意没有尽头。从世界的另一端到来了女人、爱情、温存。甚至连信件的名字都会引起他的嫉妒："航空邮件"。他觉得这几乎是鸟的名字。于是，他想到要冒充一个葡萄牙人。正是这样，靠着不正当的身份交换，扎卡里亚·卡拉什获得了一位战争教母。

"就是她，你看。玛利亚·伊杜阿尔达，爱称是达蒂尼亚……"

他向我展示了一个浅肤色女人的照片，考究的头发遮住了眼睛，耳朵上戴着大耳环。我对自己微笑了一下：我的非战争教母，玛尔达，无疑比那个眼神悲伤的女人白得多。扎卡里亚没有注意到，在那一刻，我有多么遥远。军人将照片放入口袋，向我解释说，他从未跟这张纸质护身符分开过。

"它能保护我不被射中。"

扎卡里亚跟他的教母保持了几个月的通信。直到战争结束之后，军人承认他篡改了自己真实的身份。她回信说，她也用了虚假的姓名、年龄和地点。玛利亚·伊杜阿尔达不满二十一岁，没有为这些年轻人书写希望的资格。

"我们每个人都是一则谎言，但我们两个人构成了真相。你明白吗，姆万尼托？"

✗ ✗ ✗

第二天早上，耶稣撒冷忙忙碌碌。希尔维斯特勒又一次将我们聚集在广场上。一个受到打击、不再信服的扎卡里亚向我们传达命令，并让我们在巨大的耶稣受难像前列队。我们还像往常一样，但这一次有一个女人。这个女人笔直地站在我身边，表现得时而震惊时而害怕。她胸前的相机与卡拉什斜跨着的步枪针峰相对。

"他什么时候出现？"玛尔达如观众般焦急地问。

我没回答。因为传来了一阵奇怪的噪音，就像是一群受惊的斑翅山鹑。希尔维斯特勒派头十足地出现了：他将自己变成一辆车，同时不断发出塞壬般的声音。这出戏很简单：到达这里的是一个官方代表。他要求其他人为他打开想象的车门，高傲地登上一个不存在的讲台宣告：

"女士们，先生们。这次集会的议题极为严重。我收到了安全防御部队令人担忧的报告。"

我们都沉默地等待着。在我旁边，玛尔达似乎很兴奋，她小声说："太精彩了，他是个优秀的演员！"发言者探询的目光缓慢地扫过听众，停留在我哥哥身上。指责的胳膊马上抬起：

"你，年轻的公民！"

"我？"恩东济呆滞地问。

"听说你睡在那儿了，在那个葡萄牙女人家。"

"这不是真的。"

"你肏了这个婊子吗？"

"这是什么意思，爸爸？"

"别叫我爸爸……"

失控的叫声吓到了我们。我害怕地盯着他的脸：皱纹超出了他的脸庞，在他的脖子上，邪恶的血管形成了沟壑。他的嘴张开又闭上，超过了需要讲话的次数。对于一个疯子来说，说话总是不够的。他真正想说的已经超出了任何一种语言。恩东济瞪圆的眼睛紧盯着我的眼睛，想要寻找这出戏的意义。

"从现在开始，这里没有什么爸爸不爸爸的。从今天开始，我是官方代表。或者更确切地说，我是总统。"

他假装走下讲台，紧挨着我们的脚走过，长久地盯着我们每一个人。在葡萄牙女人前面，他请求允许，然后将相机取了下来。

"它被没收了。等你离开这片领土时再还给你，尊敬的夫人。当然了，没有胶卷。现在我就将它交给我的内政部长。"

他将相机交到扎卡里亚手里。葡萄牙女人还想抗议。但是阿普罗希玛多用眼神劝住了她。希尔维斯特勒回到讲台，喝了杯水，吐了口痰并接着说：

"耶稣撒冷是一个年轻的独立国家，而我是总统。我是国家总统。"

优化着这些术语，他的腰挺得更加笔直，因自己的头衔而感到无比荣耀：

"而且，就像我名字表示的那样，我是维塔里希奥，终身[1]总统……"

他浑浊的目光停留在我身上。但我却没有看他，而是看在他胡子上爬着的苍蝇。在我看来，一直都是这同一只苍蝇，在重复着同样的路径：从他的左脸颊上穿过，上升到他的前额，等到他猛一摇晃，再重新到空中盘旋。我爸爸他确实变了。之前，我害怕会失去爸爸。现在，我急着想成为孤儿。

"太可惜了，年轻一代是国家的命脉，现在竟如此退化，而我们曾寄予厚望……"

我重新寻找恩东济的脸，希望能看到一些支持与理解。与玛尔达相反，我哥哥似乎吓坏了。扎卡里亚与阿普罗希玛多的脸上也满是不安。当希尔维斯特勒宣告他最终的决定时，这种忧虑与我的叠加在一起：

"出于安全原因，全国必须强制戒严。"

1　见正文第 3 页注释 1.

这项军事条例的实施是为了回应"殖民势力的干预",他盯着玛尔达说。所有的一切都由他,也就是总统,直接监管,并在他的左膀右臂,也即部长扎卡里亚·卡拉什的帮助下完成。

光芒装点着他前行的路,在这种荣耀的幻觉中,他转过身最后说:

"就这么定了……"

杀人指令

> 我从我的尸体上站起来，去寻找
> 我究竟是谁。我自己的朝圣，
> 走向那沉睡在风中之国的她。

亚力杭德拉·皮扎尼克[1]

唯一的真相总是悲伤的。而更悲伤的，是当真相的丑陋没有谎言的调和，如同在扎卡里亚航空邮件事件中发生的那样。那一刻，在耶稣撒冷，真相就是我爸爸疯了。这种疯狂并非神圣的救赎，而是他体内跳出的恶魔。

"我去跟他谈谈。"注意到众人的忧虑之后，玛尔达说。

恩东济不认为这是个好主意，阿普罗希玛多却鼓励她去那个

1　亚力杭德拉·皮扎尼克（Alejandra Pizarnik, 1936—1972），20 世纪阿根廷最重要的诗人之一，以其黑暗的主题和选词而闻名。1972 年，她在抑郁中结束了自己的生命，年仅 36 岁。

老顽固的屋里拜访一下。我会陪着葡萄牙女人，保证一切都在合理的范围之内。

我们刚一进入昏暗的房间，希尔维斯特勒沙哑的声音便将我们拦住：

"请求召见了吗?"

"请求了。我跟扎卡里亚部长说了。"

玛尔达演戏的功力超出了希尔维斯特勒的预料。惊讶与怀疑混合在一起，我爸爸的脸蒙上一层阴影。外国女人直接表明来意：

"我来是想告诉你，我会恪守您的指示，阁下。"

"你要离开耶稣撒冷? 怎么离开?"

"我会走到大门那里，大约有二十公里。之后，在路上，我会找到帮助我的人。"

"你已经获得批准了。"

"问题在于猎场里的这段路，不太安全。我请求您的军事部长能将我护送到大门那里。"

"我不知道，我会考虑。说实话我不想把你单独交给扎卡里亚。"

"为什么?"

"我不再信任他了。"

停顿了一下之后，他补充说：

"我谁都不信任了。"

葡萄牙女人走近了一点，几乎带着妈妈的姿态。她的手似乎要放在我家老头的肩膀上，但中途就后悔了。

"尊敬的希尔维斯特勒，你很清楚这里需要的是什么。"

"这里什么都不需要。也谁都不需要。"

"这里缺少的是告别。"

"对，缺少你的告别。"

"你没有告别逝者。这件事折磨着你，不经过守丧，你就无法获得安宁。"

"我没有批准你说这些，我是耶稣撒冷的总统，不需要来自欧洲的意见。"

"这是我在这里，在非洲，跟你们学到的。朵尔达尔玛需要平静地死去，彻底地死去。"

"在怒火让我做出不负责任的行为之前，从总统官邸出去。"

我拉着葡萄牙女人的手，赶紧将她带出屋子。我知道我爸爸在正常情况下的底线。而当时，疯狂使他变得更加难以捉摸。在离开之前，玛尔达向后退了一步，转身直面着希尔维斯特勒愤怒的脸：

"你就告诉我一件事。她走了，不是吗？"

"什么？"

"在公交车上，朵尔达尔玛，她是要离家出走……"

"谁告诉你的？"

"我知道，我是女人。"

✗ ✗ ✗

"可以磨你的枪了，亲爱的扎卡。"

"但是，希尔维斯特勒，真的要杀人吗?"

"杀，彻彻底底地杀。"

受到如此重大的委托，扎卡里亚应该感到高兴。杀死野兽可不是宣过誓的士兵值得去做的任务。

只有在造人时，上帝才得到了证明。野兽是"前造物"。只有人才能给予证明。只有撕毁上帝之书的最后一页，他才能挑战上天的权力。

不知道军人怀着怎样的情感接受了谋杀葡萄牙女人的任务。我觉得是无动于衷。就这样，在全身麻痹的我面前，扎卡里亚斜挎着步枪，带着不可捉摸的神情，迈着死气沉沉的步子离开了。我看着我爸爸，他像国王一样，坐在最新的宝座上。我没必要在他脚边痛哭流涕，请求他的宽恕。这是不可逆转的：玛尔达，我最近的妈妈，将被谋杀，而我什么都做不了。恩东济在哪儿? 我跑遍了卧室、厨房、走廊，却没有我哥哥的踪影。阿普罗希玛多舅舅还没有从世界的另一端到来。我空虚无力地倒在地上，等待着不可避免的枪声。我知道该如何做回孤儿吗?

然而，这一切都没有发生。军人应该并没有走远，因为几分钟后他就回来了，影子遮住了我们房子的入口。

"发生了什么?"我家老头问。

"我做不到。"

"胡说。回去执行我的命令。"

"我不行。"

"你不再是士兵了吗?"

"我不再是扎卡里亚·卡拉什了。"

"胡说，"我爸爸再次强调，"我给你的命令……"

"你别生气，希尔维斯特勒，但就算是上帝也不会给我下达这样的命令。"

"别在我面前待着了，扎卡里亚·卡拉什。到后面去吧，你们也一起去，你们已经不是我的儿子了。"

唯一值得他爱的生物便是泽斯贝拉。而他，希尔维斯特勒·维塔里希奥，要把我们赶去畜棚。作为交换，他的挚爱将会来到屋里。这是不可撤回的最终决议。

✗　✗　✗

我陪着扎卡里亚到储藏室，而恩东济去找外国女人了。路上，军人一直在抱怨。他宣称自己后悔了，仿佛在请求我们的宽恕：

"我协助杀死了你们的童年。"

他又重复道：

"我有一半做错了，剩下的则是谎言。"

他唯一剩下的，只有完整珍贵的射击技巧。他以一种准确的方式，来免除他狩猎动物的死亡。

在门槛上坐下之后，我们请求他减轻自己的痛苦。这个男人没有回答。他把裤子撩起来，露出腿：

"你看到了吗？这些子弹并不稳固。"

一颗失去依靠的子弹掉在地上。

"它们在跟我说话。"

"谁？"

"子弹。它们在跟我说，战争已经结束了，不会卷土重来了。"

"不是你自己说战争永远也不会结束的吗？"

"谁知道呢，也许我们国家此前发生的，甚至不能算是战争。"扎卡里亚说，似乎对此感到遗憾。

"我怎么知道？我一直生活在这里，远离一切……"

"我之前也想远离，远离战争。但现在我要走了。"

"那边"已经建立起和平：还有什么能把他拴在这里呢？我虽然明白，却很难接受他的理由。

"为什么你之前不走？"

"因为希尔维斯特勒。"

"你一直服从他，像他的儿子一样。"

"比这更糟……"他说。

更糟？他服从的方式，只有一位父亲服从儿子时才能做到。

他是这样解释的，带着一种神秘的慎重。

"我不懂，扎卡。"我说。

"我给你讲一个故事，一件在我身上真实发生的事情……"

这件事发生在殖民战争期间，在北部靠近边境的一座山上。扎卡里亚追随的葡萄牙纵队未能按时赶到兵营，于是在一条河边过夜。他们还带着一些曾在附近村庄遭到俘虏的妇女和孩子。在夜里，一个孩子开始哭。指挥这支队伍的司务长将索布拉叫过来，对他说：

"去抱着这个孩子转一转。"

"请别让我做这样的事。"

"小家伙不肯闭嘴。"

"应该是病了。"

"我们不能冒险。"

"别让我去，求你了。"

"你不知道什么是命令吗？还是你想让我跟你说你们那种该死的语言？"

司务长转身而去。

✗ ✗ ✗

恩东济的到来打断了卡拉什的叙述。他没见到葡萄牙女人。不过，他说听到了阿普罗希玛多卡车引擎的声音。那辆交通工具应该会把玛尔达带到她的目的地。

我看着扎卡里亚悲伤的脸庞。我等待着他把中断的故事讲完，但是军人似乎已经忘记了他的叙述。

"然后你就服从了，扎卡?"

"什么?"

"服从了司务长的命令。"

没有，没有服从。他把小男孩儿带到远处，请附近的一个家庭收养了他。他会时不时地给他们一些钱，还有战争补给。

"这个男孩的名字是我取的。"

✗ ✗ ✗

扎卡停在了那里。他站起来，子弹掉落，在水泥地上叮当作响。

"这些你们可以留着，当作对我的纪念……"

他关上了房门，留我们思考这则战争故事可能的结局。那个故事中传达了一个信息，我想要恩东济帮我揭示它隐藏的意义。但是我哥哥非常着急，奔跑着下了斜坡：

"快来，姆万纳。"他鼓励我。

我跟着跑了起来。我哥哥肯定是想快点知道，这一次，我们的亲戚从城里带来了什么。但这并非他焦虑的原因。我们围着屋子，看到在客厅里，阿普罗希玛多与希尔维斯特勒正在油灯下交谈。之后，恩东济绕着卡车转了一圈，打开车门，坐上司机的位置。他透过车窗叫我，用小到听不见的声音说：

"钥匙在这里！姆万尼托，你离远一点，别被撞着。"

我没有迟疑：下一秒钟，我已经坐在了旁边的位置，鼓励他赶紧逃跑。我们两个会一次逃离，在未知的道路上扬起尘土，直到成功抵达城市。

"你会开车吗，恩东济？"

这个问题没有任何下文。他刚刚转动起点火的钥匙，我爸爸和舅舅便出现在门前，脸上满是惊异。卡车剧烈地晃了一下，恩东济将油门踩到底，我们冲入了黑暗之中。点亮的灯塔与其说在照明，不如说让人失明。卡车高速驶过了阴森的房子，我们看到玛尔达打开房门，在我们后面奔跑。

"别分心，恩东济。"我请求。

这些话毫无用处。恩东济的眼睛不肯移开后视镜。我们感觉到一声巨响，仿佛世界分成了两半。我们刚刚撞断了小广场的耶稣受难像。用来欢迎上帝的牌子被撞飞到天上，又奇迹般地落在玛尔达的脚边。汽车的行进减缓了，但并没有停下。恰恰相反，这辆老卡车就像一头愤怒的公牛，又一次扬起尘土，获得了惊人的速度。恩东济甚至喊道：

"刹车，该死的刹车……"

碰撞再次发生，非常剧烈。一棵猴面包树拥抱住旧金属壳，仿佛自然吞没了世界上所有的机械。浓烟包围了我们。第一个出现的人是葡萄牙女人。是她帮助我们离开了撞坏的汽车。我爸爸停在后面，靠近毁坏的圣坛，大吼道：

"你们还不如死了，年轻人。你们在这儿对圣像做的事情，是对上帝的冒犯……"

怒火中烧的阿普罗希玛多完全无视了我们。他检查了车身的损伤，打开汽车的腹部，看着它的内脏，摇了摇头：

"现在谁也无法离开这里了。"

×　×　×

将玛尔达留在大房子之后，我们回到了营地。我爸爸又在被摧毁的圣坛那里多待了一会儿。我们沉默地走着，甚至在我哥哥低垂的眼睛中都涌动着沉默。突然，我家老头从黑暗中走来，经过我们身边，他用力地推开我们，并宣告说：

"我要杀了她！"

他走进屋子，几秒钟之后，握着一柄土步枪出了门。

"我亲自去把她杀了。"

军人扎卡里亚·卡拉什挺身而出，挡住了我们爸爸的路。一抹怪笑扭曲了希尔维斯特勒的面容与声音：

"这是什么意思，扎卡里亚？"

"我不会让你过去的，希尔维斯特勒。"

"你，扎卡里亚……啊，没错，你已经不是扎卡里亚了……"

那我就修正一下：你，厄尔内斯提尼奥·索布拉，你个混蛋，背叛了我……"

他朝卡拉什走了一步，用枪抵着他的肩膀，将他推靠在墙上：

"还记得这一枪吗，肩膀上的？"

我们感到奇怪。军人的脸色突然惊恐起来。他想要躲开，但枪膛却令他无法动弹。

"还记得吧？"

一道血痕让我们明白：那个旧伤口重新打开了。曾经的子弹再次击中了士兵。沉默重若千斤，阿普罗希玛多想要插手：

"希尔维斯特勒，看在上帝的分上！"

"闭嘴，你个瘸子……"

接下来发生的事情，无论我记得多么清楚，也不敢完全相信。我哥哥恩东济以令人吃惊的平静态度，向前走了一步说：

"把武器给我，爸爸。我去。"

"你？"

"把武器给我，我去杀了葡萄牙女人。"

"你？"

"爸爸不是让我学过猎杀吗？那我就去杀。"

希尔维斯特勒绕着儿子走了一圈，流露着惊讶，渗透着怀疑。

"扎卡里亚！"

"希尔维斯特勒？"

"你跟他一起去。我需要汇报……"

"别把厄尔内斯提尼奥扯进来，爸爸。我自己去。"

我爸爸像在睡梦中一样，缓缓地将武器交到儿子手中。眨眼之间，恩东济便消失在夜色之中。我们听到坚定的步伐渐渐消失，被沙子吞噬。一段时间之后，传来了枪声。一种痉挛般的哭泣在我的体内爆发。希尔维斯特勒立即发出威胁：

"再掉一滴眼泪，我就把你踢烂。"

抽泣在我的胸腔内冲撞，手臂颤动得像是在我体内有一场地震发生。

"闭嘴！"

"我做不……做不到。"

"站起来唱歌！"

我站起来，做好准备。但是胸腔仍在起伏，喘息。

"唱！"

"但是爸爸，唱什么？"

"就唱国歌！"

"对不起，爸爸，但是……哪个国家的国歌？"

希尔维斯特勒·维塔里希奥看着我，为我的问题感到震惊。他的下巴一闪一闪，因我问题中单纯的逻辑而陷入深渊。我唯一的国家曾是那个遥远的国度，在我出生的那个家中。而那个国家的旗帜是瞎的、聋的、哑的。

✗　✗　✗

恩东济混乱的眼睛斜扫着房间，当他表露心迹时，难以辨认的嗓音吓到了我：

"今天晚上，是那个娘们。明晚我就把他杀了。"

"恩东济，求你了，把武器放下。"

但是他抱着步枪，沉沉睡去。那天晚上我彻夜未眠，满心恐惧。我窥视着阴森房子的窗户。没有油灯的影子。任务完成了。我望着天空，想要分散些注意力，恐惧却变成了恐慌。在天幕上没有留存的星辰：所有的星星都陨落了，所有的光都陨落了。在恩东济记录日期的深色墙壁上，所有的星星都已掉落。现在，在耶稣撒冷的天空与地上，都不再有星光。

我迅速地关上窗户。我们的世界坍塌了，就像板结的土块。

✗　✗　✗

下午已经结束，我们谁都没有走出家门。无力感突然席卷而来。我们先是闻到气味：来自被太阳啃噬、被酷热吞没的死尸。我爸爸派我去看看。难道葡萄牙女人已经开始腐烂了吗？

"已经有味了，这么快？扎卡里亚，你去看看，把葡国妞给埋了。"

　　她在附近腐烂可不太好，会把大型猫科动物招来。扎卡里亚出去了，我战胜了自己的麻痹状态，紧跟着他。我将要直面死亡，用它残酷的现实自我伤害。天空中盘旋的秃鹫将我们引到营地后方：恩东济将尸体拖到离家很近的地方。在那里，尸体周围环绕着猛禽，它们相互争夺，滑稽地跳着，躲避对方的残暴。扎卡里亚到了，开辟出一条路，我直视着那个场景：母骡泽斯贝拉，我家老头忠诚的情人，已经被秃鹫撕成了碎片。

我跟你们说起的上帝
并非一位温情的上帝。
他是哑巴。他很孤独。
他知道人类的伟大
（也知道他们的卑鄙）
在时光中，他注视着
如此形成的存在。

希尔达·希尔斯特

第三卷

揭示与回归

告别

以你缺席的名义
我用疯狂建造了一座巨大的白房子
沿着墙壁，我为你而哭

索菲娅·安德雷森

整个夜晚，母骡被分尸的场景清空了我的睡眠。我无法想象，一个长毛的生物究竟能够有多少血。母骡仿佛变成了一条红色的河，正从比地球还大的心脏上喷涌而出。

第二天，我爸爸独自一人埋葬了泽斯贝拉。一大早，铁锹便在他手中工作了。我们在远处表示可以帮忙。

"我不想让任何人过来。"他大喊。

我们也不愿意靠近。希尔维斯特勒的目光是复仇的目光。扎卡里亚手持武器，巡视着我们的房屋，监视着我爸爸：

"谁都不能靠近他。"军人提醒。

他就像在谈论一条疯狗。尽管有事先警告，我还是决定到希尔维斯特勒为死去母骡守灵的地方。夜幕已经降临，我爸爸既没有移走掘墓的铁锹，也没有离开坟茔半步。我怀着对守灵的敬意走近，咳嗽了一声，继而问道：

"你不来睡觉吗，爸爸？"

"我留在这儿。"

"整整一夜吗？"

他点了点头。我小心翼翼地坐下，保持了一定的距离。我沉默着，知道没有其他话可说。但我也知道，无论在那一刻还是之后，都不再有宁静的可能。远处传来金属的敲击声，是阿普罗希玛多在修理损坏的汽车。恩东济在帮助舅舅，而一束光在帮助他们两个。

我爸爸就像一个悲伤的鳏夫。备受打击，无依无靠，对所有人和事物都充满怀疑。他没有抬头，小声说：

"儿子，把你的手给我。"

我以为我没听清楚。我没有动，惊异地等待着，直到希尔维斯特勒再次请求：

"别把我一个人丢在这里。"

我躺了下来，在临时作坊铁锤的敲击声中入睡。对我来说，这个节奏标志着耶稣撒冷的终结。或许出于这个原因，一个噩梦惊扰了我的睡眠。一个幻象袭击了我，无论怎样驱赶，它都会再次回来：在我旁边，在我和我爸爸之间，有一条巨大的毒蛇。它没有动，好像睡着了，而我家老头躺在它旁边，用陶醉的眼光看着它。

"儿子你过来，来让它咬一口。"

毒蛇不是一种动物，而是一块长着牙齿的肌肉，一条肚子在脖子中间、失去了腿的百足虫。希尔维斯特勒·维塔里希奥怎么能跟如此低等的动物恋爱？

"让它咬一口？"

"我已经被咬了。"

"我不信。"

"看我的手肿得多厉害，已经完全变了色。我的手，亲爱的姆万尼托，已经是死人的手了。"

那是一只没有胳膊、没有血管、没有神经的手，是没有亲属也没有亲缘关系的一部分身体。希尔维斯特勒补充说：

"我跟这只手很像。"

他出生得并不情愿，活着时没有欲望，临死前没有提醒或警告。

巨蛇决定抛弃固定的姿态，慢慢地，它开始挑逗地缠在我身上。我抗拒着，轻轻地向后退去。

"别这样，姆万尼托。"

他如此解释：这条蛇其实是时间。多年以来，他一直抗拒着蛇的表象。这天夜里他屈服了，放弃了。

"你没有听到钟声吗？"

是锤子敲击在汽车金属板上的声音。但是我没有反驳。我担心另一件事：毒蛇盯着我，但是并未决定将牙齿刺入我体内。它像是被催眠了，不能按照本能行事。

"它甚至不需要咬，"希尔维斯特勒说，"毒液可以通过眼睛传播。"

这样的事已经发生在他自己身上：当毒蛇的眼睛刺入他的眼睛时，所有的过往都到了他的嘴边。蛇甚至不需要咬他。毒液提前流入他的肠道，时间开始在他的体内腐烂。当细小的牙齿最终刺入他的身体时，希尔维斯特勒甚至已经看不见这个毒物了：它不过是一则记忆，模糊而又浓稠，在露水与石头之间滑动。其余的记忆便这样依次出现，像蛇一样带着黏液爬行。缓慢到近乎永恒，像江河的水流一样。

"时间是一种毒液。姆万尼托。我记得的越多，就存活得越少。"

"爸爸已经想起妈妈了吗?"

"我没有杀死朵尔达尔玛。我发誓，我的孩子。"

"我相信，爸爸。"

"是她杀死了她自己。"

人们相信他们能够自杀。但从来都不是。朵尔达尔玛，这个可怜人，并不知道。她仍旧相信有人可以取消存在。在最后的最后，只有一种真正的自杀：失去姓名，不再理解自己与他人。在词语与旁人的记忆之外。

"我杀死自己的程度比朵尔达尔玛更甚。"

希尔维斯特勒·维塔里希奥，他确实自杀了。在死亡到来之前，他已经终止了生命。他清扫了地点，远离了生者，擦除了时间。我爸爸甚至夺取了死者的名字。然而，活着的人并非只是尸骨的埋葬者：他们首先是死者的牧师。所有祖先都十分确定，在光明的另一面，总有人能将他唤醒。而我爸爸却并非这种情况。对他来说，时间从未发生。世界从自己本身起始，人类在世界中终结，没有过去也没有祖先。

"爸爸，这条蛇，它也会为我开启过去的大门吗？"

希尔维斯特勒没有回答，而是以猎人的姿势，匍匐前进。这是荣誉的责任，即使作为一个梦游者，也要杀死这条杀人蛇。难道是这个命令让我爸爸冲向毒蛇，给它致命的一击吗？

毒蛇躺下了？它像阴影般倾泻出来，永远失去了力量。老希尔维斯特勒抱怨着这粗暴的动作，正被他的关节磨损着：

"我的骨头死了……"

维塔里希奥埋怨自己的骨架消失了。而我的情况却是，在我体内，唯有骨架还活着。

✗　✗　✗

第二天早上，他们叫醒了我。在距离泽斯贝拉坟墓几米之外的地方，我精疲力竭地睡着了。在我旁边，希尔维斯特勒·维塔里希奥依然睡着，蜷缩成一团。我略微起身，我舅舅便开始用脚尖摇晃他的妹夫。希尔维斯特勒身体晃动的样子，仿佛他已经失去了生命。怎么能够睡得那么沉呢？出于什么原因，他的嘴边竟流着浓稠的白色泡沫？很快就有了答案：两条血线从胳膊上的小伤口流出。

"他被咬了！希尔维斯特勒被咬了！"

舅舅警觉地呼唤扎卡里亚与恩东济。军人带着刀迅速赶来，立即划开了我爸爸的胳膊，接着，他像吸血鬼一样俯下身子，吮吸着流血的伤口。

"别这么做！"我激动地反对。"什么都别做，这一切不过是一个梦！"

他们惊奇地看着我，扎卡里亚在我的话里看到了精神麻痹的征兆，他审视着我，寻找着被叮咬的伤口，以解释我的混乱。什么都没有发现，他们转移了仅有部分意识的希尔维斯特勒。在扎卡里亚的怀抱里，我爸爸就像一个孩子，比我还小的孩子。从他嘴里掉落出来的话就像食物的残渣，像老头牙龈中的米粒。

"朵尔达尔玛，朵尔达尔玛，上帝不来，你也不走……"

✗ ✗ ✗

他们在准备急救时，留我单独跟希尔维斯特勒待在一起。

"这就是我。"他喘着气。

他的双手慢慢在两只胳膊上摩挲，显示出对自身有多么疏离。他身上黏糊糊的，仿佛他不是要归于尘土，而是要变成烂泥。

"爸爸，安静点，到阴凉的暗处待着。"

"我要死了，姆万尼托。我很快就会有过多的阴暗。"

"别这么说，爸爸。您已经注射过血清了。"

"我问你，我的儿子：你不想跟我一块儿死吗？"

比起死亡，我们更害怕孤独，他接着说。孤独，没有什么比孤独更甚。希尔维斯特勒·维塔里希奥的目光空洞而又虚无。我突然被吓到了：我爸爸已经没有脸庞。有的只是他的眼睛，像没有岸的湖，落满了我们的痛苦。

"让你血液流动的，是我的血液，知道吗？"

这句话拥有判决的分量。他的生命，用恩东济的话说，永远不会允许我活着。奇怪的是，我似乎正在他的死亡中死亡。

"你看，"他边说边伸出手，"有两个洞，几乎看不见。但是，一整条生命却从这里流尽了。"

✗ ✗ ✗

希尔维斯特勒·维塔里希奥会死吗？他的脸上并没有映射出临终的征兆，除了他迷茫无神的目光。而最让人担心的，却是手：它的颜色变了，体积增大了一倍。鲜血从扎好的止血带上流出，滴在地板上，吓到了扎卡里亚。阿普罗希玛多控制着局势，做出决定：

"我们趁机把他带到城里去。"

扎卡里亚抓住希尔维斯特勒的胳膊，但并不需要将他费力抬起。他只是失去了意识，脱离了躯体。他像泉眼一样不断渗水，时不时地遭受剧烈震颤的打击：

"这个人需要马上去医院。"

舅舅的命令迅速而又精准。我们全员上路，在我爸爸恢复理智之前便离开了耶稣撒冷。

"姆万尼托，带上你的东西。快去。"

我进入房间，准备翻遍每个角落。然而，我的心突然一沉：我有什么东西呢？我唯一的财产只有院子里埋着的一摞纸牌和一叠纸钞。我决定把全部回忆都留在原来的地方。它们组成了这个地方。那些我胡乱涂写的纸片是埋入地下的一部分我。我将自己种植在词语之中。

"恩东济，你不带着你的行李箱吗？"

"我只带地图。其余的留下。"

恩东济出去了。我没忍住，偷看了一眼箱子。里面是空的，只有一个绳子系着的布包。我将绳子解开，从里面掉出几十页纸。每页纸上，恩东济都画了女人的脸庞。有几十个脸庞，每个都不一样。每页的角落他都写着："我妈妈朵尔达尔玛的肖像"。我将这些画收起来，重新放进箱子里，然后便跑了出去，一眼也没有再看这个屋子。孩童时期，我们并不会向地点告别。我们总觉得自己还能回来。我们相信这永远不会是最后一次。

✗ ✗ ✗

我第一个上了卡车。恩东济紧挨着我，坐在后排。扎卡里亚出现了，我们之前从未见过他这般模样。他第一次脱下军装。一个背包坠在他的后背上。

"你就只带这个，扎卡？"

"我之后还要回来。现在我们得快点。"

阿普罗希玛多与扎卡里亚去接我的老爸爸。我仍然觉得他会反抗，会坚决拒绝。但是没有。希尔维斯特勒来了，像孩童一样走路，如仆人一般顺从。他在前排座位上安顿下来，调整好姿势，以便跟葡萄牙女人共享一个座位。

卡车在启动时颠簸了一下，之后缓缓向前行驶，经过大门，在身后留下一朵烟尘组成的云。

坐在杂物上方，恩东济欢呼雀跃，用两手抓住我的肩膀：

"我们要去城里了，小弟弟，我简直不敢相信……"

我转过头：我哥哥马上喜极而泣，而那一刻，我却觉得五味杂陈，混杂着快乐与思念。我招了招手表示告别，忘记了那边已经没有任何人。唯一留在耶稣撒冷的生物既不是人类，也不再活着：泽斯贝拉，愿上帝保佑你。

"你在对谁道别？"

我没回答。我要离开的并非泽斯贝拉。我是在同自己告别。我的童年留在了那边。在开启这次旅程的同时，我已不再是个孩子。姆万尼托留在了耶稣撒冷，而我还缺一个新的名字，一次新的命名。

正在那时，我眼前突然出现一个景象：尽管除了我们旧卡车造成的微风，并没有其他风吹过，周围的树却脱离了地面，开始像无力的绿鹭一样漂浮在空中。

"你看，哥哥！是鹭鸟……"

无论恩东济还是扎卡里亚都没有听到我的话。于是，我想要将这树木的飞行拍摄下来。奇怪的渴望：第一次，看到世界已不能使我满足。现在，我想要看到观看世界的方式。

我略微起身，靠在车厢顶上，想要向玛尔达借相机。我站起来，看着公路，仿佛当它从汽车下方经过时，也同时将我劈成两半，将快乐与痛苦分开。

我看向前面的座位，有些惊讶：我爸爸正握着葡萄牙女人的手。在无声的交谈中，他们分担着思念。我没有勇气打断这沉默的对话。我重新坐下，成为杂物堆中的一件，蒙尘残渣中的一份。

在短暂的停顿与持续的汽车呼啸中，两天过去了。第二天旅程的最后，我在卡车的晃动中昏昏欲睡，已经不再注意道路。恩东济的推搡让我突然惊醒。我们经过了第一个城镇。那时我惊奇地看到，路上全都是人。这是一种全然的迷醉。城市的喧嚣、汽车、广告、街头商贩、自行车、像我一样的小男孩。还有女人：

一团团、一簇簇、一群群。满眼的衣服、满眼的颜色、满眼的笑容。她们围上裹裙，仿佛包裹着神秘。我的妈妈，朵尔达尔玛：我在每个身体、每个脸庞、每个笑声里都能见到她。

"你看那些人，爸爸。"

"什么人？我谁都没看见。"

"你没看见房子、汽车和人吗？"

"什么都没有。我不是告诉你们一切都死了，一切都空了吗？"

他装作看不见了。或者他确实瞎了，因为被毒蛇咬过？希尔维斯特勒蜷缩在座位上，而玛尔达则将电话举到窗外，放在各个不同的方向。

"你在干什么，玛尔达太太？"扎卡里亚问。

"我看看有没有信号。"她回答。

她被强制收回了胳膊。但是，在接下来的行程中，玛尔达的胳膊就像一根旋转的天线。是思念在指引着她的手，想要寻找一个来自葡萄牙的信号，一个能为她带来温情的声音，一个能将她从地理中夺走的词汇。

"我们什么时候能到，扎卡？"

"我们很早就到了。"

"我们已经到城市了？"

"这就是城市。"

我们已经到了，根本没有意识到乡村世界是在哪里终止的。并没有明显的界限。有的只是强度的变化和愈发稠密的混乱，仅此而已。在车厢里，我爸爸凄惨地摇了摇头，唠叨着：

"都死了，都死了。"

有人死了，也被埋葬了。就像泽斯贝拉。但城市死了，却在我们的面前腐烂，内脏露在外面，从里面感染我们。希尔维斯特勒·维塔里希奥如是说。

✗　✗　✗

在医院的入口处，我家老头拒绝下车。

"你们为什么想杀我？"

"这是什么话，妹夫？"

"这是个坟墓，我很熟悉。"

"不，爸爸。这是医院。"

家人想让他下车的努力都是徒劳。阿普罗希玛多坐在人行道上，双手抱头。还是扎卡里亚想到了打破僵局的办法。既然希尔维斯特勒还没有死，这件事就失去了最初的紧迫性。可以回到我们家里。邻居艾丝梅拉达是个护士，可以把她叫来，在家里提供帮助。

"那就回我们家吧！"恩东济激动地重复道。

在我听来，这非常陌生。这个团体的所有人都在回家的路上。而我不是。我出生的房子从来不是我的。我唯一的家就是耶稣撒冷的废墟。在我身边，扎卡里亚似乎听到了我无声的惧怕：

"你会发现，你其实还记得出生的地方。"

在看到正门之后，我确定那里的一切都无法引起我的共鸣。似乎同样的事情也发生在希尔维斯特勒·维塔里希奥身上。阿普罗希玛多打开了栅栏门上的许多把锁。这项行动花费了一段时间，在这期间，我爸爸一直低垂着眼睛，就像面对着未来牢房的囚犯。

"开了。"阿普罗希玛多宣布。"你先进，希尔维斯特勒。住在这里的是我，有钥匙的是我，但你才是这栋房子的主人。"

希尔维斯特勒没有说话，仅仅用动作清楚地表示，除了我和他之外，任何人都不能跨过那扇门。在他影子的保护下，我跟随着他，每一步都踩在他踩过的尘土上。

"首先，这些味道。"他对我说，边说边充盈起肺部。

他闭上眼睛，吸着那些对我而言并不存在的气味。希尔维斯特勒吸入了整栋房子，在胸腔里点燃了记忆。他站在房间中央，鼓起胸膛。

"就像一个果实。我们带着鼻子进去。"

之后是手指。他只剩下毒蛇留给他的那只手。这些手指在家具、墙壁和窗子上做着木匠的活计。仿佛在长期昏迷之后，他认出了自己的身体。

我承认，无论我多么努力，依然对我出生的房屋感到陌生。没有任何一个房间，没有任何一样物品能够为我带来人生最初三年的记忆。

"告诉我，儿子，我已经死了，这是我的棺材，对吗？"

我帮他在沙发上躺下。他想要寂静，我便让房屋对他讲话。希尔维斯特勒像是睡着了，他迷迷糊糊地想要取下缠在手上的绷带。

"你看，我的儿子！"他呼唤着我，将胳膊伸向我所在的方向。

伤口不见了。不再肿胀，也没有留下印记。他让我将绷带拿到厨房烧掉。我还没有找到走廊的路，他的声音便再度响起：

"我不想要护士，也不想要任何一个陌生人来家里。尤其是邻居。"

这是希尔维斯特勒第一次承认，在我们这个小星座之外，还有其他人存在。

"恶魔总是住在邻里间。"

✗ ✗ ✗

除了扎卡里亚之外，我们所有人都住老房子里。阿普罗希玛多占了双人房，他跟诺希已经在那里睡过。恩东济跟我爸爸分一个房间。我则把我的房间分给了玛尔达。

"就这几天。"阿普罗希玛多透露。

一张帘幕分开了两张床，保护着隐私。

我们到达时，诺希还在工作。晚上，她走进屋里，玛尔达已经躺下，像是在打盹。诺希轻抚着她的头发将她唤醒。两个人拥抱在一起，胸脯贴着胸脯，哭得异常伤心。等到能够讲话时，小姑娘说：

"我撒谎了，玛尔达。"

"我已经知道了。"

"你知道？从什么时候开始？"

"从我第一次见你开始。"

"他病了，非常严重。不希望任何人看到他。某种意义上，我来晚了也是一件好事。即使我见到了他，也无法认出他来……"

"你们把他埋在哪儿了？"

"在这附近。在附近的一处墓地里。"

外国女人的手指旋转着诺希手上的一枚银戒指。即使不问，玛尔达也知道这枚戒指是马尔塞洛的馈赠。

"你知道吗，诺希？在那儿，在猎场，对我有好处。"

葡萄牙女人解释了一番：去耶稣撒冷是与马尔塞洛在一起的方式。这次旅程像深沉的睡眠一样，令她恢复过来。在那个世界尽头，她参与伪装，学会了不经哀悼的死亡，不经告别的离别。

"你知道吗，诺希？我看到有女人在洗马尔塞洛的衣服。"

"这不可能……"

"我知道，但对我来说，那些衣服就是他的……"

所有漂浮在水流中的衣服都是马尔塞洛的。世界上所有河流的本质都是抗拒时间的回忆。但是葡萄牙女人的河流越来越像是非洲的：沙子比水更多，大地的愤怒比温柔有礼的湍流更多。

"明天我们一起去墓地。"

x x x

第二天，他们把我留在家里照顾我爸爸。希尔维斯特勒起得很晚，还在床上坐着便叫我过去。我到他跟前时，他还在检查着自己的身体。从来都是这样：在讲话之前，我爸爸要求一段等待的时间。

"我为你担心，姆万尼托。"

"为什么，爸爸？"

"你，我的儿子，天生就有一颗宽广的心脏。因为这颗心，你无法憎恨。而要想爱这个世界，必须有很多恨意。"

"对不起，爸爸。我一点也不明白。"

"别管它了。我想跟你约定的是：如果他们想把我带走，带到城里去，你不要同意，我的儿子。你答应吗？"

"我答应，爸爸。"

他解释说：蛇不止咬到了他的手。而是咬遍了他的全身。四周的景象都会使他疼痛，整座城市都会令他残疾，街上的惨状比血液感染更让他感到痛苦。

"你看到可耻的奢侈是如何紧挨着悲惨吗？"

"看到了。"我撒谎。

"所以我才不想出门。"

耶稣撒冷赋予了他遗忘。蛇毒为他带来时间。城市则会令他失明。

"你不想出去吗，像恩东济一样？"

"不想。"

"为什么？"

"这里不像那里，没有河。"

"为什么你不像恩东济一样，他根本没在家里待过，而是在外面疯玩？"

"我不会走路……不会在这里走路。"

"我的儿子，我感觉自己罪孽深重。你太老了，跟我一样老。"

我站起来，走向镜子。我是个小男孩，身体还没有发育。但是，我爸爸是对的：疲惫压在我身上。衰老不合时宜地提前到来。我只有十一岁，但已经枯萎，被父亲的谵妄所消耗。是，我爸爸说得对。从未当过孩童的人不需要时间便可以衰老。

"我有件事瞒着你，在耶稣撒冷。"

"爸爸瞒着我的是整个世界。"

"有一件事，我没有告诉你。"

"爸爸，我们离开了耶稣撒冷，现在我们在这儿……"

"有一天你会回到那里！"

"回到耶稣撒冷？"

"对，那是你的土地，你的判决。你知道吗，儿子？那个地方充满了奇迹。"

"我一个也没见过。"

"是极为微小的奇迹，我们甚至难以发觉。"

✗   ✗   ✗

我们来到城市已经三天了，而希尔维斯特勒甚至未曾拉开窗帘。房子是他的新隐居地，是他的新耶稣撒冷。我不知道，那天下午，玛尔达与诺希如何说服我爸爸出了门。女人们认为看一眼亡妻的墓碑会对他有好处。我跟他们一起，带着鲜花，站在队伍的末尾，走到墓地。

我们在妈妈的坟前站成一排，希尔维斯特勒依旧麻木、空洞、远离一切。我们盯着地面，他看着穿梭在云间的鸟。玛尔达往他怀里塞了一个花冠，请他放在墓碑上。我爸爸甚至没有抱住那些花。花冠掉在地上，摔坏了。与此同时，阿普罗希玛多舅舅来到我们中间。他摘掉帽子，恭敬地站着，闭着眼睛。

"我想要看看那棵树。"希尔维斯特勒打破了宁静。

"走吧，"阿普罗希玛多回答，"我带你去看树。"

我们来到家附近的荒原上。一颗孤独的木麻黄树面对着天空。希尔维斯特勒双膝着地，跪在老树旁边。他叫着我，指着树冠：

"这棵树，我的儿子。这棵树是朵尔达尔玛的灵魂。"

一颗适时而来的子弹

为了与你一起穿越世间的沙漠
为了我们共同面对死亡的恐惧
为了看到真相而不再畏惧
我依傍着你的脚步前行

为了你我放弃了我的国度我的秘密
我快速的夜晚我的沉默
我圆形的珍珠与它的光泽
我的镜子我的生命我的形象
我抛弃了天堂的花园

在外面烈日没有遮挡的阳光下
没有镜子我看到自己的赤裸
在这个被称为时间的荒原上

因此我依靠你的动作穿上衣衫
并学会在强劲的风中生活

索菲娅·安德雷森

耶
稣
撒
冷

我们是日行动物，但丈量我们地盘的却是夜晚。只有童年的房子才能容得下夜晚。我出生在我们如今占据的住宅里，但它并非我的家，我甜美的睡梦并非在这里降临。这栋房子里的一切都让我感到陌生。不过，在这种静谧之中，我的睡眠似乎认出了点熟悉的东西。或许正因为这样，某天夜里我做了个梦，就像我之前从未做过梦一样。因为我掉落进深渊，被巨大的水流冲走。我梦到耶稣撒冷被洪水淹没。雨水先是落在沙子上。继而落在树上。然后，雨水落在雨水上。营地变成了河床，即使是整块大陆也无法容纳如此大的水量。

我的纸片从隐藏的地方挣脱，上升到地表，后又漂浮在汹涌的河水上。我靠近河边想要捡起它们。但我将它们拿在手里时，突然发生了如下情况：纸片变成了衣服。是国王、侍从、王后穿着的潮湿衣物。每位国王都从我面前经过，将沉重的长袍交给我。之后他们一丝不挂地顺流而下，直至消失在平静的水流中。

在我的怀抱里，他们的衣物过于沉重，于是我决定将其拧干。但落在地上的却并不是水，而是字母。每个字母落地之后，都旋转一下，向水流冲去。当最后一个字母掉落之后，衣服便消耗殆尽，毫无踪影。

"马尔塞洛！"

刚刚走到岸上的是玛尔达。她像是从浓雾中出现，向外追逐着字母。她喊着马尔塞洛的名字，双脚在水中艰难地前行。在河流的转弯处，葡萄牙女人消失了。

我回到家之后，老希尔维斯特勒带着奇怪的焦虑，问起葡萄牙女人。我指着河床上的浓雾。他一跃而起，冲出的速度超越了身体的极限，仿佛经历了第二次出生。

"我去了。"他喊道。

"去哪儿，爸爸？"

他没有回答。我看着他磕磕绊绊，向峡谷的方向走远，消失在浓密的树丛里。

一段时间过去了，在欧洲夜莺甜美的叫声中，我差点睡着。突然，丛林中嘈杂的声音将我惊醒。是爸爸和葡萄牙女人相互扶持着走了过来。他们两个人都湿透了。我跑过去帮忙。希尔维斯特勒比葡萄牙女人更需要支撑。他呼吸困难，像是在大口大口地吞咽着天空。开口的是葡萄牙女人：

"你爸爸救了我。"

我无法想象希尔维斯特勒·维塔里希奥有多么英勇，也无法想象他怎样冲进汹涌的河流，与强劲的水流和赴死的意愿作斗争，将溺水的她从水里拽上来。

"我想要死在一条河里，一条从我的家乡发源、在世界尽头入海的河。"

葡萄牙女人眼睛盯着窗户，如此说道。

"现在你别管我了，"她补充。"现在我想单独跟你爸爸待在一起。"

我出去了，被奇怪的悲伤击中。当我看向窗户时，仿佛看到我妈妈正趴在他曾经的丈夫身上，我妈妈从她耗尽了一生的天空与河流中回来了。我拍打着窗户，几乎无声地喊道：

"妈妈！"

一只女性的手触碰到我，在我转身之前，一只禽鸟的身体覆盖住我的肩膀。我浑身发软，失去了力气，甚至在感到被抓向空中时都没有反抗。我双脚离地，地面越来越低，渐渐缩小，像一个漏气的气球。

✗　✗　✗

我在水池的水龙头下面洗脸，似乎只有水能将我从关于水的梦中拯救出来。我没有擦干，看着流淌出城市的道路。为什么自从玛尔达闯入耶稣撒冷的大房子之后，我就开始梦到她？事实上：这个女人闯进我的身体，就像阳光充满我们的房屋。没有办法远离或者拒绝这种充斥，没有幕布能够将这种光明阻挡在外。

或许有另一种解释。或许这个女人在到达耶稣撒冷之前，就已经在我的体内。又或者恩东济的警告是有道理的：没有人能教导水。它像女人：她们就是了解事物。难以解释的事物。因此我需要对这两样东西都心怀畏惧：女人和水。但这只是梦中的建议。

ϗ   ϗ   ϗ

去过墓地之后，希尔维斯特勒·维塔里希奥就失去了生命的迹象。他变成了一个傀儡，没有灵魂，不会说话。我们依然相信他处于被毒蛇咬伤之后的康复阶段。但护士摒弃了这个解释。维塔里希奥放逐了自己。耶稣撒冷曾使他远离世界。而城市则使他失去自己。

阿普罗希玛多说这个街区都是小路，很适合步行。我跟我爸爸一起走在这些路上，想看他能不能散散心。现在我知道：没有任何路是小路。所有路都隐藏着无尽的故事，暗含着无数的秘密。

有一次，我们散步时，我爸爸似乎在轻轻地推着我，为我指明方向。我们经过了一座长老会教堂，当时那里正好有一场仪式，能够听到嘶哑的钢琴声与合唱。希尔维斯特勒突然停下，眼中燃起火焰。他坐在入口处的台阶上，张开的手掌贴在胸前。

"把我留在这儿，姆万尼托。"

他已经太久没有说话，声音也变得难以觉察。接着他便在那里，在那个寒冷的角落，沉默僵硬地待了几个小时。甚至在弥撒结束之后，所有人都开始退场，希尔维斯特勒依然没有离开台阶。从他身边经过时，一些上了年纪的人会向他问好。希尔维斯特勒没有回应任何人。当教堂与道路都已经变得黑暗荒凉时，我坚持说：

"爸爸，咱们走吧，求你了。"

"我留在这儿。"

"已经是晚上了，我们回家吧。"

"我要留在这里生活。"

我了解我爸爸的执拗。我独自回到家里，将老希尔维斯特勒的决定传达给恩东济与阿普罗希玛多。舅舅给出了回答：

"今天晚上我们就把他留在那儿睡觉……"

"露宿街头吗？"

"他已经很久没有这么多房屋了。"

我一大早就到街上探查我爸爸的情况。我找到他时，感觉他几乎没换位置，依然守着我将他留下的台阶。我轻触他的肩膀，叫醒了他：

"走吧，爸爸。明天我们再来听圣歌。"

"明天？明天是什么时候？"

"不久之后，爸爸。走吧，我会再把你带来。"

一连几周，每天的同一时间，我都会在美妙的声音到达天空之前，将我爸爸带到教堂的楼梯上。每次我想要离开时，他都会拉住我。他一动不动，不发一言，想要跟我分享那个时刻。他想要重新建起我们放置寂静的那个阳台。直到有一天，我发现他在念叨着圣歌的歌词。尽管没有发出声音，希尔维斯特勒却在同歌者合唱。尽管没有任何人注意到，希尔维斯特勒的词汇却能直达天上。这是一个低等的天空，无声无息。但却是某种无垠的起点。

✗ ✗ ✗

女人的声音吵醒了我。我透过窗子看去。几十个人占据着道路，阻碍了交通。她们喊着口号，手里的海报上写着："停止对女性施暴！"在人群中，我看到扎卡里亚·卡拉什正开辟出一条道路，向我们的住所走去。我打开门，他没打招呼就径直走进屋子，像是在寻求庇护。

"这群娘们吵死了！诺希也在那儿，激动得很。"

他穿着军装，拉着一个袋子和一个箱子。我把他带到厨房，可以说，在我们突然到来之后，这里就变成会客室了。

"你哥哥呢？"他问我。

恩东济不到一小时前才刚进家门，之前又是彻夜未归。他穿着衣服上了床，身上都是烟酒的味道。自从来到城里之后，我哥哥就很少待在家里。他早出晚归，整日跟那些阿普罗希玛多舅舅认为"完全不宜交往"的人一道。

"他还在睡觉。"

"那去把他叫起来。"

扎卡里亚在厨房里等着，但并没有坐下。他不断地将窗帘打开又合上，似乎街上的骚动令他难受。"这个世界完了！，"我听到他在那里嘟囔。我在昏暗的房间中艰难行走，摇晃着恩东济，要求他快点。我回到厨房，发现军人给自己倒了一杯啤酒：

"我要回耶稣撒冷。我是来告别的。"

所有人都找到了自己的地方。我重新见到了第一个家。我爸爸在疯狂中获得了居所。只有他，扎卡里亚·卡拉什，没有在城里找到位置。

"你去了就不回来了吗，扎卡？"

"不是。我只是去完成一些任务。"

"那你要在耶稣撒冷进行什么任务？"

"我不要进行，我要撤销……"

"什么意思？"

"我要炸掉储藏室，把武器埋在地下……"

"你不想再有战争了，不是吗，扎卡？"

一个悲伤的、几乎谜一般的微笑压在他的脸上。他似乎惧怕回答。手指在杯子边缘转动，发出嗡嗡的声响：

"你知道吗，姆万尼托？我上战场是为了杀死某人。"他用手臂画出一个模糊的形象。

"某人？"

"我自己体内的某人。"

"你杀死了吗？"

"没有。"

"那现在呢？"

"现在已经太晚了。某人已经将我杀死了。"

他小时候，在我现在这个年龄，想要成为消防员，从着火的房子里救人。最终却在有人的房子上点火。一位参与了无数战役的士兵，也是一位从未有过信念的士兵。保家卫国？但他保卫的国家从来都不是自己的。军人卡拉什这样含糊不清地说着，仿佛急着结束这私密的坦白。

"你知道吗，姆万尼托？耶稣撒冷比其他任何国家都更像我的祖国。但是，老马已经拉不动磨了……"

恩东济的到来打断了我们的谈话。他眼圈发黑，头也没梳，迈着梦游似的步子。扎卡里亚甚至没有跟他打招呼。他打开口袋，从里面拿出一个背包，扔到刚到的人怀里。

"把这个背包带回房里，收拾一下行李。"

"收拾行李？为什么？"

"你跟我一起回耶稣撒冷。"

"去哪儿？"他迅速反问。笑了一声之后，他激动地宣告：

"想都别想。扎卡里亚，我死也不会离开这里。"

"我们在那儿待几天。"

我很清楚我们这个小圈子的争吵会发展到怎样的程度。意识到这种紧张的态势马上会引发冲突，我站出来息事宁人：

"去吧，恩东济。陪陪扎卡里亚也没什么损失。就是一来一回的事。"

"他自己去吧。"

扎卡里亚站起来，走到恩东济面前，从腰带上的皮套里拿出一支手枪。我向后退去，害怕最糟糕的事情发生。但当卡拉什开口时，他的声音却带有一种意志坚决的平静：

"拿好这支枪。"

我哥哥像新生儿一般惊讶，他半张着嘴，麻痹的手几乎承受不住武器的重量。卡拉什退后一步，凝视着恩东济凄惨的样子。

"你不明白，恩东济。"

"我不明白什么？"

"你会成为士兵。所以我才来找你。"

恩东济倒在一个椅子上，眼睛失去了焦点。他这样待了一段时间，直到扎卡·卡拉什收起手枪，帮助他站起来。

"我早就猜到你在这儿、在城里会遭遇什么。我一天也不会让你在这儿多待下去。"

"我哪里也不去，你管不着我。我去叫我爸爸。"

我们跟在我哥哥后面，沿着走廊前行。门被突然打开，但面对眼前的嘈杂，希尔维斯特勒连眼皮都没抬一下。士兵用吼声结束了争吵：

"你跟我走，这儿我说了算！"

"这里唯一能够发号施令的是我爸爸。"

希尔维斯特勒突然抬起胳膊。我家老头想要说话。他只是轻声道：

"你们全都出去。你，恩东济，留下。"

我和扎卡里亚退了出去，回到厨房桌子旁边的位置上。扎卡里亚又打开了一瓶啤酒来喝，没有再说什么。能够听到外面的示威者在高喊："女人要站出来，站出来！"

"把门关上，别让你爸爸听到。"

等我再次走进厨房，恩东济的背部像是怀了孕。他不堪重负地弯着腰，走近我：

"再见了，弟弟。"

我拥抱了他，但我的怀抱太小，不足以圈住如此大的体积。我的手摩梭着背包的帆布，背包仿佛成了他身体的一部分。恩东济与扎卡里亚走到门外，我看着我哥哥走远，仿佛那条路是他不可避免的宿命。他们慢慢在示威的女人之间开出一条路。我更仔细地观察着他走路的方式，感觉尽管还有前一天晚上的影响，恩东济却踏着军人的步伐，完全复制了扎卡里亚的姿态。

注意到诺希在向我招手，我猛拽了一下窗帘。她在邀请我下楼，加入到示威之中。我勉强地笑了笑。关上了窗。

✗ ✗ ✗

在这些日子里，我完全就是我爸爸的爸爸，照顾着他，将他带到不同的地方，而他一直都像一个瞎子一样回应。

直到有一天，我收到一个信封。我认出了玛尔达的字迹。这是第一次有人给我写信。

不动的树

> 害怕在某个如世界般脆弱的地方
> 爱你。
>
> 不该在这不完美的地方爱你
> 这里一切都会使我们破碎沉默
> 这里一切都向我们撒谎，将我们
> 分开。
>
> **索菲娅·安德雷森**

我给你写这封信，亲爱的姆万尼托，是为了让我们能够在不说再见的情况下道别。我们在一起的最后一天，你给我讲述了一个梦，在梦里，你爸爸将我从河里救起。如果我们将生命想象成一条河，你的梦便是真的。我在耶稣撒冷得到了救赎。希尔维斯特勒教会我在一切出生的事物身上找到活着的马尔塞洛。

我从来不想知道马尔塞洛是如何死去的。病死的这个解释，对我来说已经足够。在我离开的那一天，在机场，诺希向我讲述了我丈夫最后一次旅程的细节。在阿普罗希玛多将他放在大门边上之后，马尔塞洛漫无目的地游荡了几天，继而在一次伏击中中枪。通过相机胶卷中留下的影像，我们想象了他到达的地方。诺希将那些黑白照片送给了我。与我们设想的不同，画面上并非鹭鸟或风景，而是对他自己生命尽头的记录，一份关于他衰亡的影像日记。通过这份记录，我们发现他希望能远离自我。首先，他没有衣服，狼狈不堪。后来，他变得越来越像野兽，吃生肉，在水坑里喝水。当他被打倒时，是被当成了一只野蛮的动物。杀死他的并非士兵，而是猎人。我的男人，亲爱的姆万尼托，选择了这种自杀方式。当死亡到来时，他已不再是人类。这样他会感觉到较少的死亡。

吞噬马尔塞洛的并非是一块陆地，而是他自己内心的魔鬼。在我返回里斯本之前，这些魔鬼燃烧起来，那时我点燃了诺希给我的所有照片。

✗　✗　✗

只有当我们放弃理解时，生命才会发生。在最后这段时间，我亲爱的姆万尼托，我远离了任何形式的理解。我从未想象过到非洲旅行。现在，我不知该如何返回欧洲。我想要返回里斯本，没错，但要除去任何曾在那里生活过的回忆。我既不想认出人，也不想认出地点，甚至不想认出与他人联结的语言。正因为这样，在耶稣撒冷我才觉得舒服：一切都是陌生的，不会注意到谁是谁，也不会关心要选择怎样的终点。在耶稣撒冷，我的灵魂变得轻盈，失去了骨骼，就像鹭鸟的姊妹。

这一切都得益于你的爸爸，希尔维斯特勒·维塔里希奥。我曾怪他将你们带到一片荒芜之地。但事实却是，他开创了自己的领地。恩东济会回应说，耶稣撒冷建立在一位病人编造的谎言之上。是谎言，没错。不过，如果我们一定要生活在谎言之中，那最好是自己的谎言。毕竟，在关于末日的视角方面，老希尔维斯特勒也并非全是欺骗。因为他说得对：当我们失去了爱的能力，世界就终结了。

疯狂并不总是疾病。有时则是勇气的展现。你的爸爸，亲爱的姆万尼托，有我们所没有的勇气。当一切都失去时，他让一切重新开始。即使这种一切在其他人看来什么也不是。

这是我在耶稣撒冷学到的一课：生命被创造出来，并非为了变得渺小与短暂。世界被创造出来，并非为了能够被度量。

✗ ✗ ✗

当你开始阅读武器箱子上的标签时，你学到最多的并非那些文字。真正的教育是：词汇可以成为连接死亡与生命的拱桥。所以我才给你写信。这封信上没有死亡。但是有一次道别，也即一种微小形式的死亡。你记得扎卡里亚是怎么说的吗？"我经历过许多次死亡，幸运的是，每一次都很短暂。"我唯一的死亡就是马尔塞洛的死亡。没错，这是第一次彻底的结束。我不知道马尔塞洛是不是我一生的挚爱。但却是由爱组成的一整段人生。人一旦爱了，就会永远爱下去。不要永远做任何一件事。除了爱。

然而，我给你写信却并非为了谈论我，而是为了谈论你的妈妈朵尔达尔玛。我跟阿普罗希玛多、扎卡里亚、诺希、邻居都交谈过。每个人跟我说了一部分故事。我有义务将你这段被夺去的过去还给你。据说一段生命的故事会在它的死亡报告中枯竭。这是朵尔达尔玛最后时光的故事。关于她如何输掉了生命，在输给了生活之后。

✗   ✗   ✗

那是一个周三。那天早上，朵尔达尔玛以一种前所未有的方式离开家：为了让人看到她，嫉妒她。她的裙子足以让凡人失明，而敞开的领口则能够让盲人看到天空。她如此光彩夺目，以至于很少有人注意到那个小行李箱。她带着那个箱子，像第一天上学的孩子一般无助。

我如此开头是因为你，姆万尼托，根本不知道你妈妈有多美。不在于她的面容，也不在于腰身，也不在于她灵巧精致的腿。而在于她，完完整整的她。在家里，朵尔达尔玛永远冰冷、消沉、灰头土脸。多年来的孤独与疑虑使她习惯了做一个无足轻重的人，一个简单沉默的土著女人。然而，她曾无数次地站在镜子面前复仇。在梳妆台前不停穿戴。就像，怎么说呢，水杯中的一块冰。争夺着表面，掌控着最高点，直到再度融化成水。

让我再回到开头：这个周三，你妈妈离开了家，穿着打扮引人遐想。面对这种美丽，邻居并未投来问候的目光。他们屏住了呼吸：女人嫉妒，男人觊觎。男性的瞳孔呈现出扩张的血管，就像捕食者的眼睛一样。

这就是现实，赤裸而又残酷。这天早上你妈妈走进一辆私营公交车，挤在满满一车男人之间。公交车在烟尘中启动了，带着一种非同寻常的急切。车并没有依照常规路线。司机没有好好开车，也许是因为倒车镜中的美丽乘客令他分了神。最后，车子停在了一处偏僻阴暗的荒地。接下来发生的事情，我写起来都觉得难过。

真相是，依照那些冷漠的证词，朵尔达尔玛被扔在地上，在黏液与哼叫之间，在野兽的胃口与动物的愤怒之间。她被按进沙土中，似乎没有任何东西比大地更能保护她脆弱颤抖的身体。一个又一个，那些男人享用着她，嘶吼着，仿佛在为历时百年的冒犯报仇。

十二个男人之后，你妈妈留在泥土中，几乎失去了生命。在接下来的几小时里，她只剩下一具躯体，一个受乌鸦与老鼠支配的轮廓。比这更糟的是，她暴露在稀少路人满怀恶意的目光中。

没有人帮她站起来。她无数次想要起身，但却没有力气，只能再次跌倒，没有眼泪，没有灵魂。

最后，当夜幕完全降临，你爸爸出现了，像瓦片上的猫一样轻手轻脚。他看了看四周，深吸了口气，将妻子抱起来。希尔维斯特勒将朵尔达尔玛抱在怀里，慢慢地穿过道路。他知道，在窗户后面，几十双眼睛正盯着他阴郁的身影。

到家门口他就停住了，变成了一座塑像。在黑暗中，不知他是否哭了，不知他的脸是否抽搐着，诅咒着这个世界与隐匿的人们。

维塔里希奥用脚关上身后的门，他的家永远黑暗下来。希尔维斯特勒将你妈妈的身体放在厨房的桌子上，将她的头安放在口袋与棉布之间。之后，他来到你的房间，亲吻了你的前额，抚摸了你哥哥的头。他将钥匙在钥匙孔中转了一圈说：

"我马上回来。"

他回到厨房，脱下你妈妈的衣服，将尚无意识的她浑身赤裸的留在那里。之后，他将失业的衣服团成一团，带到后院，倒上汽油之后烧掉。

他重新坐到桌子旁边，守卫着睡着的妻子。既没有爱抚也没有照看，有的只是一位尽责职员冰冷的等待。朵尔达尔玛的脸上刚露出有意识的迹象，你爸爸便抛出话来：

"能听到我说话吗?"

"能。"

"那你听清楚我要说的话：再也不要用这种方式羞辱我。听清楚了吗？"

朵尔达尔玛闭着眼睛，点了点头。他站起来，转过身去。你妈妈把脚放在地上，寻找丈夫的胳膊作支撑。希尔维斯特勒躲开了，不允许她到走廊去。

"你留在这儿。我不想让孩子们看到你这样的状态。"

她留在厨房，适当清洗了身体。但是很快，等全家入睡之后，她便来到卧室，静静地待在那里。希尔维斯特勒·维塔里希奥已经承受了足够的羞辱。

$$\chi \quad \chi \quad \chi$$

你爸爸警觉地醒来，似乎体内有一个声音在呼唤他。他的胸腔起伏，汗水流淌，仿佛他是水做的一样。他来到窗前，拉开窗帘，看到妻子吊死在一棵树上。双脚离地很近。他立即明白：正是这点距离分离了生命与死亡。

在街坊醒来之前，希尔维斯特勒快步走向那棵木麻黄树，仿佛在那里，在他面前，只有这一株植物，由枝干与叶片组成。在他眼里，你妈妈就是一颗干枯的果实，那根绳子不过是一根拉直的叶柄。他用手臂将枝叶挡开，默默地剪断绳子，听到身体撞击地面的一声闷响。他马上就后悔了。这个声音他曾经听到过：是沙土掉落在棺材盖上的声音。这个声音将会嵌在他的耳膜中，就像阴暗墙壁上的苔藓。更晚一些，你的寂静，姆万尼托，变成他对这种控诉回声的防御。

希尔维斯特勒再一次抱着你妈妈穿过了道路。不过，这一次，她的重量仿佛都留在了绞索上。他将赤裸的身体放在阳台的地上，看着她：没有血迹，没有生病的迹象与腹部的伤口。倘若不是完全静止的胸腔，没有人会说她死了。这时候，希尔维斯特勒痛哭流涕。如果有人从那里经过，会认为希尔维斯特勒是被死亡的痛苦击垮了。但他并非因为丧偶而哭。你爸爸是因为愤恨而哭。对于任何一位丈夫来说，已婚女人的自杀都是最大的耻辱。他难道不是她生命的合法所有者吗？那么，怎么能够允许这种令人蒙羞的违抗？朵尔达尔玛并非放弃了生命：早已失去了对自己生命所有权的她，将自己的死亡甩在了你爸爸脸上。

✗　✗　✗

葬礼上发生的事情你已经知道了。风修正了墓穴，接连几次下葬都没能成功。需要其他人——专业的掘墓人——才能完成。葬礼之后，回到家里，恩东济变成世界上最孤独的小男孩。任何在场宾客的同情都无法安慰他。只有老希尔维斯特勒·维塔里希奥的话语能够将他治愈。而你爸爸却保持着距离。是你穿过人群，用你的小手环绕着鳏夫的脸庞。你拢起的手掌将希尔维斯特勒带到了完美的寂静中。或许是这种寂静使他预见到了耶稣撒冷，这个在所有地点之外的地点。

葬礼之后，你爸爸连续几天都待在教堂里。他不参与合唱，但观看弥撒，之后便留在那里，像无家可归的乞丐一样低落。有时他会坐在钢琴前，手指漫不经心地在琴键上游荡。那是七月，冷得即使插进口袋，手也会忘记自己。

在某次这样的静修中，扎卡里亚走进了神圣的区域。他刚刚从战争前线回来，还穿着一件军大衣。卡拉什走向你的爸爸，用充满活力的拥抱向他致意。表面看来，他们温情地拥抱在一起。但实际上却是在打斗。一人在另一人耳边说的话，感觉像是安慰，但却是死亡的威胁。从那里经过的人很难猜到，他们正在进行殊死搏斗。没人能说他们听到了枪声。扎卡里亚离开时衣服上的血迹也无法作为证据。希尔维斯特勒擦干净地板，没有留下暴力的痕迹。没有争斗，没有开枪，也没有血。在外人看来，两个朋友长久地拥抱在一起，分担着你失去你妈妈朵尔达尔玛的痛苦。

✗　✗　✗

现在你知道为什么恩东济跟卡拉什走了。为什么他会像扎卡里亚家族的几代人一样，追随军人的宿命。现在你知道希尔维斯特勒为什么怕风，为什么惧怕舞动的树会招来鬼魂。现在你知道耶稣撒冷的由来，以及文图拉一家避世的理由。你爸爸并不仅仅是个怪人，耶稣撒冷也不只是他疯狂所造就的意外。对于希尔维斯特勒来说，过去是一种疾病，记忆则是惩罚。他想要居住在遗忘中。他想要远离有罪的生活。

当你读到这些信时，我已经不在你的国家了。更准确地说，我将变得像扎卡里亚一样：不再有属于我的祖国，但会为其他人编造的信念服务。我回到葡萄牙，失去了马尔塞洛，也失去了我的一部分。无论我去哪里，都无法找到足够的空间来遮蔽鹭鸟的飞翔。在耶稣撒冷，地球永远会有更多的土地。

✗ ✗ ✗

某一次，诺希告诉我她与阿普罗希玛多之间关系的空无。恋情如何随着时间渐渐排空。我们的路线似乎截然不同，却拥有同样的足迹。我离开家乡，来寻找一个背叛了我的男人。她背叛了自己，跟着一个她不爱的男人。

"为什么我们要承受这么多？"诺希质问。

"谁？"

"我们女人。为什么我们要承受这么多，承受一切？"

"因为我们害怕。"

我们最害怕的便是孤独。一个女人无法独自存在，她将面临着不再是女人的风险。或者，为了让所有人安心，她要变成另一副模样：变成疯子，变成老人，变成女巫。或者，就像希尔维斯特勒会说的那样，变成婊子。变成一切，除了女人。我这样对诺希说：在这个世界上，我们只有成为妻子，才能拥有身份。我现在便是这样，尽管已经丧偶。我是一个死人的妻子。

✗ ✗ ✗

我将我们的照片留给你，我们在猎场的照片。其中一张，我最喜欢的一张，上面有倒映在湖面的月光。那天晚上，恐怕是我最后一次看到月亮。现在只剩下这束散落的光能为我照亮未来的无尽长夜。

我想要向你致谢，为了一切我在你那里学到和体验到的东西。这一课是这样的：死亡将我从马尔塞洛身边带走，就仿佛夜晚赶走了小鸟。仅仅是悲伤的一站。

在下一束月光中，我们将与我们的爱人重逢。即使没有湖水，即使没有夜晚，即使没有月亮。在光亮中，永恒的他们将会回归，衣服漂浮在河水上。

我不知道自己是否比你更加快乐：我有一个能够回去的家。我有父母，有一些社交圈子，可以按照他人对我的期待生活。爱我的人接受了我的离开。但是要求我原样返回，让他们能够认出来，仿佛这次旅行只是暂时性的。你是个小男孩，姆万尼托。你还有许多旅程，有许多童年可以经历。没有人能够要求你仅仅成为一名放牧寂静的人。

你不要回信。我没有留下地址，也没有留下任何我的踪迹。

如果有一天，你想要知道我的情况，就去问扎卡里亚。他托我在葡萄牙寻回一些他的过去。他想找回他的教母，想再次看到信件的魔法。有一天，我确信，我会回到你身边。但再不会有耶稣撒冷。

书

你的脸
再也不会纯洁干净生动
甚至你如退浪般的步态
也无法在脚步中编织时间。

我再也不会将生命付诸时间。
我再也不会为可能死亡的主人
服务。
午后的光线向我展示出你存在的
残片。腐坏会很快
吮吸你的眼睛与你的骨骼
将你的手握在它的手中。

我再也不会爱上无法永生的人，
因为我爱你存在的光荣、光明与
光泽
仿佛它们是永恒的一样，
我爱你爱得真诚、透明
却连你的缺席都不曾留下，
你是一张厌恶拒绝的脸庞
而我为了不看到你而闭上眼睛。

我再也不会为可能死亡的主人
服务。

索菲娅·安德雷森

自从玛尔达、恩东济与扎卡里亚离开之后，已经过了五年。有一天，阿普罗希玛多把我叫到客厅，诺希和几个邻居家的小孩也在。桌子上有一个蛋糕，表面的霜糖上插着几根蜡烛。

"你数数蜡烛。"舅舅对我发出指令。

"为什么?"

"你数数。"

"十六根。"

"是你的年龄，"阿普罗希玛多说，"而今天是你的生日。"

我之前从未庆祝过生日。确切地说，我甚至从未想过有一天是我出生的日子。但是在那儿，在我们家阴暗的客厅里，桌子上摆着蛋糕和饮料，装饰着彩带与气球。蛋糕上面写着我的名字。

他们请来了我家老头，让他与我坐在一起。宾客们一个个向我赠送礼物，我笨拙地将它们摞在旁边的凳子上。他们突然开始鼓掌唱歌。我意识到，有一瞬间，我成为了宇宙的中心。按照阿普罗希玛多的指示，我一口气吹灭了蜡烛。在那一刻，我爸爸从静止状态中出来，在没有任何人注意到的情况下，抓紧我的胳膊。这是他表达亲昵的方式。

几小时之后，希尔维斯特勒回到房间，又像往常一样躲在自己的壳里。五年前开始，一直是我在照顾他，指导他做日常琐事，帮助他吃喝洗漱。照顾我的人则是阿普罗希玛多。这个亲戚常常坐在希尔维斯特勒面前，在长久的对视之后，大声询问：

"你不会是在装疯卖傻，就为了不还我的债吧？"

维塔里希奥的脸上看不到一丝回应。我让舅舅理智一点：那种类型的表演怎么可能如此长久，如此令人信服？

"是很早之前的债务，那时还在耶稣撒冷。你爸爸已经很多年没有支付过物资费用了。"

"这还没算别的。"他补充说。

阿普罗希玛多从未解释过"别的"都包括什么。他的哀叹仍在进行，一成不变：妹夫从未想过到耶稣撒冷的路有多么难走。也没想过卡车司机需要交多少钱，才能躲过伏击，避开劫掠。生存的秘诀，他提醒说，就是跟魔鬼一起午餐，将残羹剩饭与天使一同分享。之后，他做出结论，仿佛恢复了一些精明：

"对我来说也不错。跟自家人交易就是……"

"我可以来付，舅舅。"

"付什么？"

"那些债务……"

"别逗我笑，外甥。"

如果真的欠了债，事实是阿普罗希玛多并未借此报复我。相反，他保护着我，将我当作他从未有过的儿子。如果不是他，我永远不可能去街区的学校上学。我永远不会忘记上学的第一天，看到那么多小男孩坐在同一间教室的奇怪感觉。而更奇怪的是：在那几个小时里，是一本书将我们联系在一起，让我们在这个衰老的世界中编织着童年。在过去的许多年中，我都以为自己是宇宙中唯一的男孩。而在那一段人生中，孤独的孩子被禁止看书。因此，从第一节课开始，当乘法表与字母表在教室中流动时，我都爱抚着书本，回忆着我的那副纸牌。

我对课堂的迷恋没有逃过老师的眼睛。他是一个瘦削严肃的男人，眼睛凹陷、衰老。他会激情洋溢地谈论社会不公，反对新富阶层。一天下午，他带着全班来到一个地方，在那里，一位揭发腐败的记者曾遭暗杀。那个地方没有纪念碑，没有任何官方悼念的迹象。只有一棵树，一棵腰果树，永恒地纪念着这位冒着生命危险揭发谎言的勇士。

"让我们将花放在路上来清除血迹。花可以洗刷屈辱。"

这是老师所说的话。我们用老师的钱买了花，铺满了道路。在返程的路上，老师走在我前面，我看着他弱不禁风的样子，生怕他像纸风筝一样，飞上天空。

⁄   ⁄   ⁄

"他这么做了？"诺希很惊讶。"带你们去拜访了那位国民记者？"

"我们还留下了花，我们每个人……"

"那你明天给这位老师带几页纸。我要再给他写一封短信……"

我不知道这位姑娘在想什么，但她立刻行动起来。我依照她的要求，监视着走廊，而她则在阿普罗希玛多的抽屉里仔细翻找。她聚集起一些文件，迅速写了一则简短的留言，将所有东西都装进一个信封。

第二天，我便将这个信封交给了老师。那时已经能够明显看出，我们高雅的老师病得有多么严重。他继续消瘦下去，连最小号的衣服在他身上都还嫌大。最后，他不再出现，很快便传出死讯。之后听说他患上了"世纪病"。是"流行病"的又一个受害者。但是从未有人说出疾病的名称。

希尔维斯特勒和我一同参与了老师的葬礼。在墓地里，他经过朵尔达尔玛的墓碑，便坐了下去，身上压着某个再也无法站起的人。他不动，也不说话，只有脚在沙子上滑动，一会儿这边，一会儿那边，就像一刻不停的钟摆。我等待了一段时间，之后鼓动道：

"我们回去吧，爸爸?"

回不去了。在那一刻我意识到：希尔维斯特勒·维塔里希奥失去了与世界的全部联系。在此之前，他已经很少说话。现在，他已经看不见人。只有阴影。他再也没说过话。我家老头失去了看到自己的能力。如今，即使在他自己的身体中，他也不再有家。

那天夜里我想着死去的老师，得出结论："世纪病"是过去的硬化，是时间的感染。这种疾病在我们的家中肆虐。第二天，我在学校宣布：

"我爸爸也得了这个……"

"得了什么?"

"世纪病。"

他们怜悯而又厌恶地看着我，仿佛我身上也有传染的威胁。我承认，这种全体的排斥令我感到愉悦。我似乎隐隐地想要返回孤独。我就这样走在了时间的歧途上。在那位老师去世之后，我失去了对学校的兴趣。我一早便穿戴整齐，走出家门。但却留在广场上，在日记本上涂写我的记忆。等我回家时，周围的一切都暗了下来，而纸页上还保留着白天的光彩。到家之后，我按照耶稣撒冷的要求，用古老的方式问候我的父亲：

"我已经可以去睡了，爸爸。我已经拥抱了大地。"

或许，在我内心深处，正思念着自己悲伤过去的巨大安宁。

ⅹ ⅹ ⅹ

还有诺希，她是另一个逃学的理由。阿普罗希玛多的女友主动帮我做作业。即使没有作业，我也会编造一些，只是为了让她伏在我身上，让她黑色的大眼睛盯着我的眼睛。另外还有汗珠顺着她的胸脯流下，而我在这滴汗珠中窒息、灼烧，沿着她的胸脯向下，直到沉浸在颤抖与喘息之中。

清早，诺希几乎光着身子在屋里走动。我开始做起春梦。这对我而言并不新鲜。在我的梦境里，已经有过学校的女同学、女老师和女邻居。但这是第一次，我们整栋房子都因一个女人温柔的存在而眩晕。我后来知道：在灼热的夜晚，并非只有我做梦。

我不知道诺希对阿普罗希玛多还怀有怎样的爱。事实却是，某些时候，我们能听到他们房间传来的呻吟。我爸爸在床上翻来覆去。他已经失去了对一切的听觉，但却还能听到淫荡的喘息。有一次我注意到他在哭。之后我确认了：在每一个房中燃起爱的夜晚，希尔维斯特勒·维塔里希奥都会哭。

爱在发生之前便令人上瘾。我学到了这点。我同样学到，当梦重复多次之后，会得到提炼。我在夜间幻想中对诺希的召唤越多，她的出现也变得越发真实。以至于有一天，我发誓，是她——有血有肉的她——偷偷走进我的卧室。她的身影悄悄钻进被子，在余下的时间中，我沉没在我们身体间无尽的边界中。我不知道是不是她真实的身体来拜访了我。我知道，在她离开之后，我爸爸在旁边的床上哭。

ɣ ɣ ɣ

我舅舅不知疲倦地重复着他为家庭的付出以及所受的亏欠。但是，按照我们的观察，希尔维斯特勒的赊欠并未使阿普罗希玛多陷入贫困的境地。我们的舅舅会吹嘘他依靠发放狩猎证所取得的金钱。"但这不违法吗？"诺希问。现在还有什么是违法的呢？一只手会弄脏另一只手，两只手模仿本丢·彼拉多[1]的行为，不是吗？这便是舅舅的回答。而且他每天回来，都有新的理由庆祝：撤销了罚款，对违规行为睁一只眼闭一只眼，给新投资者找了点麻烦。

"你记得我战争时期的那辆卡车吗？国家机器就是我现在的卡车。"

虚荣令他在某个周日，在客厅地板上铺开一张猎场的地图，并把我、我爸爸和诺希都召集起来：

"你看到你的耶稣撒冷了吗，我亲爱的老希尔维斯特勒？现在呢，一切都是私人财产，把它交出去的就是我，你明白吗？"

---

1 罗马帝国犹太行省的第五任总督，曾多次审问耶稣。尽管不认为耶稣犯了什么罪，却在仇视耶稣的犹太宗教领袖的压力下，判处耶稣死刑，将耶稣钉死在十字架上。

我爸爸空洞的眼神在地上游荡，但却从未停留在大舅哥希望的地方。接下来，希尔维斯特勒决定穿过客厅，他的脚蹭着地图，想要把它撕成几片。诺希没忍住，发出了一串笑声。压抑的怒火从阿普罗希玛多的胸中喷出：

"那么你，我亲爱的，就不要来这里了。"

"这里是你家吗？"

"从现在开始，我会去你家看你。"

从那之后，诺希便像月亮一样，只在每月特定的时段才能看见。而我则追逐着潮汐，周期性地淹没在女人里。

✗ ✗ ✗

有一次，诺希上午进入家门，悄悄地游走在各个房间。她问起阿普罗希玛多。

"这时候吗，诺希太太？"我回答。"这个时候，您知道得很清楚，舅舅在工作。"

姑娘走进洗手间，在不关门的情况下，开始将衣服脱在地上。我突然有一种失明的感觉，摇晃着脑袋，害怕再也无法看见东西。那时，我听到淋浴喷头的水声，想象着她湿润的身体，此刻正被她自己的手抚摸。

"你在那儿吗，姆万尼托？"

窘迫令我无法回答。她猜到我正紧贴着门，没有办法窥探，也没有力量离开。

"进来。"

"什么?"

"我想让你在我的包里找一个盒子。是给你的盒子。"

我害怕地走了进去。诺希正用毛巾清洁着身子,朦胧之中,我时而能看到她的胸部,时而能看到她的长腿。我拿出一个金属盒子,颤抖着将它举起来。她明白了我的动作。

"就是这个。里面是钱。都是你的。"

她开始解释这一小笔财富的来源。诺希参加了一个反抗家庭暴力的妇女组织。几个月前,希尔维斯特勒打断了她们的聚会,沉默地穿过房间。

"他的行为很奇怪。"诺希回忆。

"你别介意,"我回答。"我爸爸一直对女人有负面看法,希望你能原谅他……"

"正相反,我……是我们所有人,都很感激他。"

事情是这样的:希尔维斯特勒穿过房间,在桌子上放了一盒钱。这是他对女性事业的贡献。

但是这个组织关闭了。多方的威胁在会员之间散播着恐惧。诺希现在是在将我爸爸的支持归还给他。

"现在你得把这点钱藏起来,别让阿普罗希玛多看见,听到了吗?这是你的钱,你一个人的钱。"

"我一个人的,诺希太太?"

"对。就像我一样，在这一刻，我是你一个人的。"

她的毛巾落在我的脚上。又一次，就像第一次在耶稣撒冷那样，女人的出现溶解了地面。我和她，我们跳入这个深渊。最后，当我们身体掏空之后，交错地躺在地板上，她的手指在我的脸庞上移动，轻声说：

"你在哭……"

我坚决否认。诺希似乎被我的脆弱感动了，她深深凝望着我的眼睛问：

"谁教会你爱女人的？"

我应该如此回答：是缺失的爱。但我一个词也说不出口。我失去武装，看着诺希扣上裙子，准备道别。在最后一个扣子那儿，她停下说：

"在将钱箱交给我们时，你爸爸不知道，在所有钱币之中，夹着一张指令便条。"

"指令？谁的指令？"

"你妈妈的。"

我爸爸从未发现，但是他死去的妻子留下了一张便条，揭示了这些钱的来源和目的。这是朵尔达尔玛的存款，她留下这笔遗产，是为了她的儿子能够什么都不缺。

"是你妈妈。是你妈妈教会了你去爱。朵尔达尔玛一直在这里。"

她张开的手掌停留在我胸前。

✗ ✗ ✗

有人来抓捕舅舅。说是一次匿名举报。只有我知道，那些爆料文件来自于他的抽屉，而且是他自己的女朋友传递了这些文件，在我的配合之下。交完保释金回来之后，阿普罗希玛多怀疑一切，怀疑所有人。他尤其怀疑我爸爸的神秘能力。晚饭时，趁着诺希不在，阿普罗希玛多提高嗓门：

"是你，希尔维斯特勒，我打赌是你。"

我爸爸不听，不看，不说。他存在于另一个维度，我们面前的只是他身体的投射。舅舅再次开始他独断的演说：

"我告诉你：就像你进来时那样，我亲爱的老希尔维斯特勒，你也要直截了当地走。我会像对待战利品一样把你运送出去。"

我可以发誓，在我爸爸脸上，我看到了一抹嘲弄的笑容。大舅子可能也有同样的感受，因为他惊讶地问：

"怎么了？你又能听到了吗？"

那么，如果真是这样，希尔维斯特勒就听好了。舅舅开始不断地列举他的损失。我爸爸猛地从椅子上站起来，慢慢将杯中的东西倒在地板上。我们都懂：他是在向死者敬酒，为任何可能的不祥之兆提前致歉。

"过分，太过分了！"阿普罗希玛多嘟囔着。

丧偶妹夫的挑衅已经越了界。舅舅走进房间，拿出一张照片，跛行得比以往更加厉害。他在我鼻子前方晃动着照片，叫嚷着：

"看看这是谁，我的外甥。"

我家老头被一个突然而又意外的灵魂占据，他跳上桌子，用身体盖住那张照片。阿普罗希玛多将他推开，两人争夺着照片。我明白在阿普罗希玛多手中晃动的是我妈妈的头像，于是决定参与争抢。然而，不久之后，照片便被撕裂，我们每人手指中都捏着一块。希尔维斯特勒占据了余下的几块，将它们撕成极小的碎屑。我保留着自己手里的部分。在这一块上，只能看到朵尔达尔玛的双手。在她交错的手指上能够看到订婚戒指。等上床之后，我不断地亲吻着我妈妈的手。第一次，我对这位赋予我无数夜晚的人，说了晚安。

在睡着之前，我感觉诺希进入了我的房间。这一次她非常真实。赤裸的她紧挨着我，而我则游遍了她身体的弧线，忘却了我自己的本质。

"你是懂我的人，你是触碰我的人……"

"我们不要出声，诺希太太。"

"这不是出声，姆万尼托。这是音乐。"

或许是音乐，但我担心躺在旁边的爸爸，更害怕阿普罗希玛多会听到。但诺希的出现比恐惧更为强大。我看她在我的腿部上上下下，再次燃起疑虑：如果我跟女人在一起会失明，那我哥哥恩东济呢？我闭上眼睛，再也没有睁开，直到诺希关门离开。

x x x

第二天，天塌下来了。阿普罗希玛多上午从办公室回来，吼声在走廊里回荡：

"婊子养的！"

我浑身颤抖：舅舅在骂我，他发现我跟诺希背叛了他。他不一致的脚步声在走廊中延伸，我坐在床上，等待最糟糕的事情发生。但是，他进入卧室时的吼声，却与我最初担心的非常不同：

"我被处罚了！被调走了！你这老婊子养的杂种，我知道这一切都是谁搞的……"

在我们面前，曾经那个善良隐忍的舅舅形象已经完全消失了。在老希尔维斯特勒的床边，他的表现威严而又夸张。他掏出手机，就像拿起一把枪，放出话来：

"我要把你的大儿子叫来，他知道怎么处理这该死的情况。"

在等待对方接电话的间隙，他依然抱怨着。这辈子都在忍着这个失去理智的疯子。现在家里要承受一种无谓损失，应该说是两种无谓损失。他停止了絮叨，明白恩东济接起了电话。阿普罗希玛多向我们解释，说他会把通话接在扬声器的系统上，好让我们听到他们的交谈。

"是谁？是恩东济吗？"

"恩东济？不是。这里是文图拉中士。"

思念可以是嘴里突然的干涸、喉中冰冷的烈火吗？在令人窒息的房间里，面对一位缺席者嗓音中引人回想的力量，我哑口无言。阿普罗希玛多又絮叨着对妹夫的抱怨。在另一端，恩东济不以为意：

"但是希尔维斯特勒现在那么虚弱，那么不问世事，那么远离一切……"

"你错了，恩东济。希尔维斯特勒现在比任何时候都要沉重，都要麻烦。"

"我可怜的爸爸，他从来没有如此无助过……"

"是吗？那你告诉我为什么你还叫我阿普罗希玛多？嗯？为什么你不叫我奥兰多舅舅，或者干脆叫我'教母'舅舅，就像你以前总叫我的那样？"

"你是说你想把希尔维斯特勒赶出去？但这栋房子是他的。"

"曾经是。我付出的金钱已经比这栋房子、比余下一切的价值高多了。"

"等等，舅舅……"

"规则由我来定，外甥。你去部队要一个豁免申请，来城里把这两个没用的家伙带走……"

"你想让我把他们带到哪儿去？"

"带到地狱去……也就是说，带到耶稣撒冷，就是那儿，把他们重新带到耶稣撒冷，也许上帝已经在那儿安了家呢？"

✗ ✗ ✗

　　阿普罗希玛多马上收拾好行李离开了。诺希想要准备一顿离别晚餐，但舅舅躲开了。有什么可庆祝的呢？所以他先走了。跟随阿普罗希玛多一起离开的，还有他的女友，也就是我秘密的情人。我的欲望依然呼唤着她，我的梦让她躺在空荡的双人床上。但是诺希没有回应。我说服自己：我拥有身体，却缺少年龄。有朝一日，我会找到她，向她坦诚我的梦多么忠诚于她。

✗ ✗ ✗

　　一周之后，恩东济出现在我们家里。他非常开心，急切地想要与我们重逢。他的军事生涯有很大进步：肩章上的军衔标明他已经不再是一名列兵。我本以为自己会投入哥哥的怀抱之中，但却被自己的漠然以及问候他时的冷谈音调惊到了：

　　"你好，恩东济。"

　　"忘了这个恩东济吧。现在我是奥林多·文图拉中士。"

　　中士被我的冷漠吓到了，他后退了两步，皱着眉头，表示失望：

　　"是我，你哥哥。我在这儿，姆万尼托。"

　　"我看到了。"

"爸爸呢?"

"在里面,你可以进去。他已经没有反应了……"

"看起来不只是他。"

军人半转身子,消失在走廊里。我听到他在爸爸房间里高声地自言自语,声音难以分辨。不久之后,他回来,递给我一个布口袋:

"我给你带了这个。"

我没有移动任何一块肌肉,所以他自己从口袋里拿出了我曾经的纸牌。上面还带有一些沙粒和顽渍。见我如此无动于衷,恩东济将赠品放在我的腿上。但纸牌却并未待在我的大腿上。它们一张张地落在地上,无所依傍。

"出什么事了,弟弟?有什么需要吗?"

"我想被袭击爸爸的毒蛇咬一口。"

恩东济没有说话,深感疑惑。他咀嚼着那些最苦涩的疑虑,问道:

"你还好吗,小弟弟?"

我点了点头。我还跟从前一样。变的是他。但我突然想到,在耶稣撒冷时,恩东济曾说要丢下我。而这一次,他真的离开了我,这种离别如此遥远而又痛苦,以至我竟感受不到。

"你为什么从没回来看过我们?"

"我是军人。我无法控制自己的人生。"

"无法控制?那你为什么这么开心?"

"我不知道。或许因为，第一次，我能控制别人。"

屋里传来一些我熟悉的声响：希尔维斯特勒用拐杖敲击着地板，叫我帮忙带他去厕所。恩东济跟着我，看我如何照顾我们的老爸爸。

"他一直这样吗？"他问。

"比以往更严重。"

我们重新将希尔维斯特勒放在他永恒的床上，他甚至没有察觉到恩东济的到来。我倒了一杯水，加了一点糖，打开电视，将他的头放在枕头上，任他眼神迷离地看着发光的屏幕。

"我觉得奇怪：希尔维斯特勒的年龄没那么大。他这种垂死的状态是真的吗？"

我不知该如何回答。准确说来，在我们的世界里。除了通过欺瞒，还有其他的方式生活吗？

x x x

我们回到厨房，一股突然的力量使我撞在我哥哥胸前。我最终还是拥抱了他。这个拥抱与他离开的时间一样长。需要他的胳膊轻轻将我推开。我不再是个小孩子，失去了流泪的能力。我将纸牌拿在手里，抖落上面的灰尘问道：

"有扎卡里亚的消息吗？"

扎卡里亚依然扮作军人。但是他，是的，他老了，比我们的爸爸还老。有一天，军警拦住了他，要检查他身上军装的来源。
比假军装还严重：是殖民时期的制服。扎拉里亚被捕了：

"他上周已经恢复自由。"

但另一件事比较新鲜：玛尔达要为他买一张去葡萄牙的机票。
扎卡里亚·卡拉什要去探望他以前当兵时的战争教母。

"要看望教母，现在，已经有点晚了，你不觉得吗?"

我们害怕死亡，没错。但最令我们感到害怕的，却是充盈的
生活，是充满我们整个胸腔的生活。扎卡里亚已经不再害怕。他
要开始生活了。当我哥哥质问他的决定时，扎卡里亚如此回答。

✗ ✗ ✗

在探访墓园时，我们停在了朵尔达尔玛的墓碑前。恩东济闭
上眼睛祷告，我假装同他一起，为自己从未学过祷词而感到羞
愧。之后，在树荫下，恩东济抽出一支烟，出神了一段时间。随
便一样东西都会让我想起曾经的光阴，那时我会帮我们的老爸爸
生产寂静。

"那么你，恩东济，会跟我们待一段时间吗?"

"对，会待几天。为什么这么问?"

"我独自一人照顾爸爸，已经筋疲力尽了。"

幸好我不会祷告。因为，在最近一段时间，我乞求上帝把爸
爸带到天上。恩东济听着我悲伤的宣泄，将手放在腿上抚摸着军

靴的靴筒。他将贝雷帽取下，又在头上调整好。我明白：他在为一场严肃的声明做准备。士兵的身份帮助他坚定了自己的勇气。在开口之前，他盯着我看了许久：

"希尔维斯特勒是我们的爸爸，但你却是他唯一的儿子。"

"你在说什么，恩东济？"

"我是扎卡里亚的儿子。"

我装作毫不惊讶。我从树荫下走出去，围着我妈妈的墓转了一圈。心想这个墓碑中藏着无尽的秘密。原来，当朵尔达尔玛走出家门，乘坐注定的私营公交车时，她要见的人便是扎卡里亚。现在一切都能说通了：希尔维斯特勒对我的特别照顾。他对我哥哥进行的处罚。卡拉什对恩东济不动声色但一如既往的保护。军人将我病重的哥哥带到河边时的痛苦。现在一切都能说通了。甚至包括希尔维斯特勒为我哥哥命名的方式。恩东济的意思是"阴影"。我是他眼中的光。恩东济阻挡了他的太阳，让他想起朵尔达尔玛永远的罪责。

"你跟他谈过了吗，恩东济？"

"跟希尔维斯特勒？他一点反应也没有，怎么谈？"

"我问你跟扎卡里亚——你的新爸爸谈过了吗？"

没有。他们两个都是军人，有些事不适合拿出来谈论。为了那些不恰当的目的，希尔维斯特勒依然是他唯一且合法的父亲。

"但是你看看扎卡里亚给了我什么？这是最后一颗子弹，你还记得吗？"

他拿出那颗子弹。这是他肩膀上的那颗，对此他从来不曾解释。它是我爸爸射出的，在葬礼的那场打斗里。

"看到了吗？我爸爸差点杀了你爸爸？"

"我只有一件事不明白：他们为什么一起去了耶稣撒冷……"

"负罪感，姆万尼托。是负罪感将他们聚在一起。"

恩东济那时对我讲的话令我感到困惑：扎卡里亚与希尔维斯特勒在教堂里的打斗与所有人料想的都不一样。事实与玛尔达的描述相去甚远。真正发生的事情是这样的：扎卡里亚被悔恨击倒了，他很晚才在葬礼上出现，对他爱人最后几小时所经历的事情一无所知。对他而言，朵尔达尔玛是因为他才自杀的。就这样，军人带着双重的负罪感前来吊唁。在教堂里，扎卡里亚拥抱了我爸爸，并像一个优秀的军人一样，宣称要捍卫尊严。他因悲痛而窒息，拿起手枪准备结束自己的生命。希尔维斯特勒贴在卡拉什身上，及时让那一枪偏离了轨道。子弹停留在锁骨附近。如果不是他太虚弱的话，那颗子弹会射在心脏上，痛苦的卡拉什如是说。

更晚一些，在军人接受治疗的医院出口，我的老爸爸拒绝了扎卡里亚感激的拥抱：

"别谢我。我只是在回报你……"

✗ ✗ ✗

我哥哥睡在客厅。这天晚上，我毫无睡意。我拉过一张帆布椅子，坐在门口。夜深露重，露水遮挡了周围的景色。我想到了诺希。我想念双脚之间裂开的深渊。也许我会去看她，如果缺席的她坚持如此。

门声响起，这几乎是我所期待的。我哥哥加入到我的失眠中。他拿着纸牌邀请我：

"来一局吧，姆万尼托？"

打牌不过是个借口，这点我们都很清楚。我们安静地打着，仿佛牌局的结果至关重要。直到恩东济开口：

"在进城的路上，我路过了耶稣撒冷。"

"阿普罗希玛多说那里一切都变了。"

不是真的。不管怎样，世界并没有进入猎场的栅栏。恩东济如此保证，并为我详细描述了他在我们旧居住地所见到的一切。我在他讲述的开头打断了他：

"等等，我们把爸爸带来。"

"但他难道还没睡吗？"

"睡觉就是他生活的方式。"

我们拉着希尔维斯特勒的胳膊，将他放在楼梯上，靠着最后一个台阶。

"现在你可以继续了。告诉我们你都看到了什么，恩东济。"

"但他能听到什么吗？"

"我觉得可以，不是吗，希尔维斯特勒·维塔里希奥？"

我哥哥大声描绘着细节，将我带到了这最后一次拜访。我爸爸一直闭着眼睛，没有反应。

✗ ✗ ✗

"我花了一整天的时间在我的过去。在耶稣撒冷待了一天。"

就这样，恩东济开始讲述他的拜访。在营地里，他探查这我们路上的痕迹，寻找着那些年我在庭院里涂划掩埋所留下的记号。他参观了那些废弃的建筑，翻动着地面，就像在自己的皮肤上刮动，仿佛回忆就是隐藏在体内的肿瘤。从我设置的藏匿处，他找回了那一摞纸牌。它是我们存在的唯一见证。

他拿起那些小小的卡纸，像对待新生儿一样，将它们举上天空。其中的一部分已经磨掉了，难以辨认。国王、王后与侍从被时间的蛀虫罢黜。

"之后呢，恩东济？你做了什么，发生了什么？"

我哥哥爬到房间的柜子上，那里的旧箱子里藏着他的画。他抖落了上面的尘土，露出我们妈妈的几十张面孔。每一张都不一样，但都有一双大眼睛。对于这双眼睛的主人来说，在世界上就像在窗子前方：正等待着另一个生命。

✗ ✗ ✗

恩东济中断了讲述，突然跪下，盯着我爸爸的脸庞。

"怎么了，恩东济?"我问。

"爸爸……他在哭……"

"不，他就是这样……他只是累了，仅此而已。"

"我觉得他在哭。"

我哥哥失去了与我们的联系，忘记了如何阅读我们老父亲的表情。我收起纸牌，将它们放到恩东济手里:

"我请求你，哥哥，为我阅读一下这些纸牌，让我回忆起我写的东西。"

那是一条河流中浓稠的时刻在回响。我哥哥假装在国王的胡须与王后的长袍中破解着细小的文字。我明白一切几乎都是他编造的，但是很久以来，我们根本分别不出记忆与谎言的界限。恩东济坐在阳台的椅子上，像我的老父亲那样摇晃着身子，在看到我的倦怠之后，他停了下来:

"睡着了吗，姆万尼托?"

"你记得我昨天是怎么迎接你的吗，冷漠而又疏离?"

"我承认我很震惊。是我选择了最好的军装……"

"因为我患上了爸爸的病症。"

这是我第一次承认，很久之前，我的心便紧绷着:我继承了爸爸的疯狂。每过较长的一段时间，我便会选择性失明。荒漠迁移到我的体内，将四周变成由缺席组成的街区。

"我也会失明，恩东济。我患上了爸爸的病症。"

我走到厨房的抽屉前，从中拿出学校的文件夹，在我哥哥茫然的目光中打开：

"看这些纸。"我边说边将一叠有手写字迹的纸递过去。

这些都是我在黑暗时刻写下的。受到失明的侵袭，我无法看到世界。只能看到文字，其余一切都变成了阴影。

"你，现在，就是一团阴影。"

"我已经有了阴影的名字。"

"你能看懂这些字迹吗？"

"当然，是你的字迹。写得很好，一向如此……等一下，你是说这些都是在你看不见的情况下写的吗？"

"只有在书写时，我才能拥有视力。"

恩东济随意选择了一页，大声朗读："这是我最后一次讲话，希尔维斯特勒·维塔里希奥宣告。你们听好了，我的儿子，因为谁也无法再听到我说话。我要辞别我自己的声音。我跟你们说：把我带到城市来是你们犯下的一个重大过错。因为这场背叛的旅程，我现在快要死了。耶稣撒冷与城市之间的边界从来都不是由距离划分的。恐惧与罪过才是唯一的边界。世界上没有任何政府比恐惧和罪过更有力量。恐惧使我生活得谨慎而又渺小。罪过让我逃离了自己，远离记忆。这就是耶稣撒冷：它并非一个地方，而是一份期待，期待着一个未曾出生的上帝。只有这个上帝能够将我从对自己的惩罚中解脱出来。然而，直到现在我才明白：我的儿子，我的两个儿子，只有他们才能为我带来宽恕。"

声音卡住了，阅读中断了。我哥哥蹲在希尔维斯特勒身边，重读了最后一句话："……我的儿子，我的两个儿子……"

"希尔维斯特勒，你这么说过吗？"

面对我爸爸的无动于衷，恩东济转过头来问我，声音因激动而颤抖：

"这是真的吗，弟弟？爸爸真这么说？"

"这些纸上都是我们的人生。而生活，恩东济哥哥，什么时候是真的呢？"

我将这些纸收好，放进文件夹里。接着我将我的书给他，作为我唯一也是最后的财产：

"耶稣撒冷就在这里。"

恩东济抱着文件夹，走进屋里。我看着我哥哥消失在黑暗里，那段时间的记忆又浮现出来，那时我们要擦除道路的痕迹，来保护我们孤独的庇护所。我想起在半明半暗中，我破解了最初的几个字母。想起河流上星星点点的亮光。还有在时间暗墙上划下的日子。

突然，对诺希的强烈思念向我袭来。也许我会比料想的更早去见她。那个女人的温柔向我证明，我爸爸是错的：世界没有死。毕竟，世界从未出生。也许，在诺希臂弯经过调试的沉默中，我能学会找到我的妈妈，在到达最后一棵树之前，先要穿过一片无尽的荒原。

译后记

　　米亚·科托是当今莫桑比克最知名的作家，也是世界范围内最重要的葡语作家之一。自《梦游之地》（1992）在津巴布韦书展入选非洲20世纪12部最佳文学作品之后，他的声名已经超出莫桑比克国界，也超出了葡语文学的疆域。2013年，米亚·科托夺得葡语文学的最高奖项卡蒙斯文学奖，一年之后，又摘得纽斯塔特国际文学奖的桂冠。

　　作为2013年度卡蒙斯奖的评审，安哥拉作家阿瓜卢萨（José Eduardo Agualusa）特别强调了米亚·科托在语言上的独创性，认为这种独创性是从莫桑比克日常口语中提取的灵感。关于这一点，科托在纽斯塔特文学奖的提名人加布里埃拉·盖尔曼迪（Gabriella Ghermandi）有着更为精妙的论述："有些评论家将米亚·科托称为'走私犯作家'，就像词语的罗宾汉，他窃取意义，将之应用于所有语言，强制表面上分裂的世界进行交流。在他的小说里，每行文字都像一首小诗。"

我们可以从许多侧面去论证米亚·科托对于语言的执着：身为葡萄牙人的后代，他在莫桑比克出生，成长的环境中便混杂着葡萄牙语与莫桑比克土语，这两者之间的对立和交融很容易让作家将语言与身份相互关联；初入文坛时，他的身份便是诗人，即使后来以小说闻名，他对诗意的追求却从未改变；他在文学道路上最重要的领路人包括巴西诗人特鲁蒙德·德·安德拉德（Carlos Drummond de Andrade）、若昂·卡布拉尔（João Cabral）与巴西作家吉马良斯·罗萨（Guimalhães Rosa），不仅两位诗人是使用语言的大师，罗萨的小说创作也一直以对语言的创新而备受推崇。

当然，除语言之外，米亚·科托的作品另有许多值得称道的地方。无论是对莫桑比克民族身份、战争创伤、种族、性别等主题的选择，还是在叙事结构、情节推动、人物塑造等方面的技巧手法，都吸引了无数读者与研究者进行分析。

仅针对《耶稣撒冷》这本书来说，既然已经有了中文译本，读者便不难通过文本直接进入情节，探寻主题。即使涉及莫桑比克的国情知识，似乎也可以利用书籍网络获取资料。近些年来，随着对葡语作家介绍的增加，对中国读者而言，米亚·科托也并非全然陌生，倘若有心，仅需少许检索，便能对这位莫桑比克作家有些大致了解。

与此同时，对于只能阅读中文的读者来说，语言却是真正的壁垒。身为译者，理应尽力将这种壁垒消除，但这种消除绝对不是将原先的高山深涧变成一马平川。事实上，在 2009 年出版《耶稣撒冷》时，米亚·科托对于语言创新的极致追求已经渐渐让位于一种流畅自然的叙事风格，但某些字句仍然会时不时地跳将出来，引导读者去感受、破译、思索。面对这种情况，唯有尽量保留原作的风格才是对读者的尊重。另一方面，我也深知翻译无法百分之百地再现原作，因为无论如何强调忠实，总有一些汉语无法直观传达的意味。

考虑到这一点，我想在此对《耶稣撒冷》中的语言风格与翻译原则做一番说明，一来可以消除部分疑惑，对可能出现的问题提前做出澄清；二来也便于读者更好地理解这部作品，知道除对莫桑比克与非洲现实的刻画之外，米亚·科托作品的价值同样在于其"文学性"，在于其对语言结构与叙事策略的追求与把握。

构词与创新

正如巴西作家吉马良斯·罗萨一样，米亚·科托对语言的创新是从创造新词开始的，这种创造至少与葡萄牙语的两个特点密不可分。首先，葡萄牙语的读音规则与词根词缀都相对固定。因此，在将两个词语拼接形成新词之后，读者可以通过读音或者词型猜测其含义。其次，巴西与非洲都曾是葡属殖民地，葡萄牙语是殖民者曾使用的语言。在这种情况下，对语言的改造意味着对殖民历史的反抗，因此当地作家会有意识地将当地日常口语吸纳进来，赋予一些语言"错误"（如吞音、词缀使用错误、不规则搭配等）以正统性。

《耶稣撒冷》书名本身便是这种造词的产物。仅改变了一个字母，米亚·科托便将圣城耶路撒冷（Jerusalém）挪移成为书中主人公自创的圣地"耶稣撒冷"（Jesusalém），其中前五个字母"Jesus"正是葡语中的耶稣。倘若以上含义中文尚能传达，那么后四个字母"além"所代表的"远方""那边""在……之外"的含义则不得不被割舍掉了。

除了这种"Jesus"＋"além"的叠加之外，《耶稣撒冷》中更常见的造词方式是为词汇加上前缀，或者将单纯的名词或形容词改造成动词。用这两种方式构建的词汇尽管新颖，葡语读者却不难理解。但放入中文语境之中，有些便很难找到一个词语去对应，而只能采取解释的方法。

举例来说，本书中出现多处在名词之前加上否定前缀的构词方式，但翻译的策略却有所不同。当在"命名礼"（batismo）前面加上表示否定的"des－"，组成在词典中并不存在的

"desbatismo"一词时，我将这个词翻译成"除名仪式"，感觉并不会对读者造成太大的困扰。但另一段落，米亚·科托在"诞生"（nascimento）一词前也加上表示否定的"des－"，我却只能选择将其翻译成"退回到诞生之前的状态"，因为"去诞生"之类的新词会显得颇为别扭且难以理解。

同样的，米亚·科托可以将"秃鹫"（abutre）一词直接改造成动词"abutrear"，从而以一种极为简洁的方式营造出十足的画面感，而中文却不得已用"贪婪的掠食"替代，以便在简洁与清晰之间达到平衡。

姓名与身份

在创造新词之余，《耶稣撒冷》语言的丰富性还体现在对人物姓名的强调，这体现在文中的"除名仪式"与"再命名仪式"上，也体现在姓名本身的意义中。除叙事者姆万尼托之外，故事主人公均拥有两个名字——原本在城市中使用的姓名与到耶稣撒冷之后更改的姓名。可以说，在《耶稣撒冷》中，每个人的姓名都与他们的身份角色息息相关。以众人到达耶稣撒冷之前的姓名为例，除"姆万尼托"来自莫桑比克土著语言之外，其余均为葡萄牙语中的常见姓名。在更名之后，爸爸与舅舅的称谓依然保留了葡萄牙语词汇，但却获得了特别的意义。正如我在译文中标注的那样，爸爸的新名字"希尔维斯特勒·维塔里希奥"的意思是"终身的野蛮人"，这也与他想要远离城市的心愿相吻合；而舅舅"阿普罗希玛多"则意味着他只是一名"靠近的人"，是介于耶稣撒冷与现实世界之间的桥梁，也暗指他与文图拉一家没有实质上的血缘关系。

事实上，在这些显而易见的葡萄牙姓名之外，也有研究者对军人扎卡里亚·卡拉什的姓名由来进行考据，并指出卡拉什的姓氏可能来自于俄国著名枪械设计师卡拉什尼科夫。而恩东济的名字则意味着"阴影"，这一含义在故事快结束时由本书的叙事者揭示。

正是由于米亚·科托对于姓名的精心选择，对于葡语读者而言，这些人物甫一登场，就有着预设的身份与形象，而全书的譬喻性更是显而易见。正如较晚出场的玛尔达所写的那样：在这本书中，一个人可能只是一个名字，其全部的身躯与生命不过只是构成其姓名的单词。因此，在翻译这些名字的时候，我会尽量以注释的方式，向读者阐释葡语原文中隐藏的含义。此外，考虑到每个人物更名前与更名后身份特质的不同，在翻译过程中会严格遵照原文，即使这样做会对某些不熟悉葡语姓名的读者造成少许疑惑。比如说，当在一个段落中同时出现"扎卡里亚"与"索布拉"两个名字时，尽管都指的是军人，却标志着更名前后两个不同的时间段，以及他在现实世界与耶稣撒冷的两种身份。因此，遇到这种情况，只能靠读者认真阅读文本，理清时间上与人物间的关系。

修辞与搭配

除了在单词寓意方面的精心打磨之外，米亚·科托同样注重句式搭配上的创新，其中包括一些非常规的比喻、拟人、移用等等。在某些情况下，这种搭配会稍显突兀，但读者只要具备一定的耐心，其中的联系也不难理解。而米亚·科托的本意也正是通过这种非常规搭配，让读者感到新鲜、兴奋与惊奇。因此，在翻译过程中，我也会尽量依照原文，保留米亚·科托刻意营造的魔幻性与新奇感。

在比喻的层面上，《耶稣撒冷》这本书中最令人不解的大约是缺少明确本体的借喻，这在某种程度上为这本书增添了更多可供阐释的空间。比如在全书的第一章，就出现了"正是在我的沉默中，我爸爸建起了主教堂"这样的话。这里的"主教堂"明显是一个比喻，因为前文专门强调了耶稣撒冷并没有石质的教堂或十字架。尽管这句话的前后并未点明这里的"主教堂"究竟指什么，却不难将其理解为一种精神意义上的宗教圣地，这也正是作者需要读者自己去主动解读的地方。因此，凡遇到类似的表述，我都依照原文翻译，避免多做阐释，以免干扰到作者的表达，或者破坏读者自行"破译"的兴致。

　　此外，由于《耶稣撒冷》故事设计的特点，有时会特意打破"人类"与"禽兽"的界限，并进一步挑战"野蛮"与"文明"、"理智"与"疯狂"之间的分野。为更好地达到这一目的，米亚·科托频繁地使用"拟人"的手法。比如用"河流昏厥"来表示"河流干涸"，用"荒野吃掉房屋"来形容"房屋杂草丛生"，这是把自然的一切都当做人，就像扎卡里亚在书中所说："这里的事物，是人。"类似的表述很多，读者有心可以自行查看。

　　为了尽量扩大语言所蕴含的意味，米亚·科托的非常规搭配还体现在一些专业术语的使用上，其中一例便是扎卡里亚在形容自己记忆力不好时，说的是"我记忆的射程很短"。我初译时曾经想过将它译为"我的记忆有限"，使其更符合汉语的表达习惯，但马上便否决了这一想法。因为对于葡语读者来说，这里很容易联想到"近程导弹"等军事词汇，也非常符合扎卡里亚的军人身份。

　　上述内容主要是一些涉及到具体语汇选择方面的问题，最后，我还想对《耶稣撒冷》整本书的风格再做一点说明。正像上面已经指出的那样，米亚·科托在其文学作品中，一直坚持着对文学性与艺术性的追求。而他对语言的非常规运用，在某种程度上也可以用"陌生化"的理论来解释。

　　而除了用词方面的创新之外，《耶稣撒冷》全书的叙事方式也自有其特色。这部小说主要以姆万尼托的第一人称叙事推动故事发展，即使在以玛尔达信件为主体的两章里，起主导作用的依然是信件作者的主观视角。这种叙事方式可以解释小说发展过程中的某些模糊不清甚至前后不一，也极大地增强了本书的内涵与层次。从这个角度出发，《耶稣撒冷》不仅是一本值得细读的书，也是一本值得重读的书，因为只有在深入的阅读中，米亚·科托在语言及叙事上的价值才能充分体现出来。

　　而我对自己翻译最大的期望，便是中译本既能保证通顺流畅，让读者爱上阅读；也能尽力忠实原著，以经得起细读与重读。至于这两点做得如何，自然还要靠读者与专业学者的评判。

樊　星

2018 年 5 月于北京